AF237190

Tagebuch der sanften Quarantäne

Bibliografische Information der Deutschen Nationalbibliothek: Die Deutsche Nationalbibliothek verzeichnet diese Publikation in der Deutschen Nationalbiografie; detaillierte bibliografische Daten sind im Internet über dnb.dnb.de abrufbar.

Herstellung und Verlag: BoD – Books on Demand, Norderstedt

Umschlagabbildung: Chen-Rui Chao, Erik Eising
Titelbildgestaltung: Chen-Rui Chao

ISBN: 978-3-7526-0516-7

Tagebuch der sanften Quarantäne

–

Erik Eising

Für Toni

Vorwort

Lange Zeit dachte ich, Wahrheit sei vielleicht nur ein Geräusch. Bevor es Sprache wurde, war jedes Wort nur Geräusch. Jedes Rascheln, ein Rauschen, Wellengang; Auf und Ab, Hin und Her, wird anfangs nachgeahmt. Danach wiederholen wir es für uns, bis alles verbunden dasteht, im sanften Klang innerer Welten. An diesem gemeinsamen Ort wohnt der nachstehende Text.

Chronik, Protokoll, Kommentar, Wiederholung; nenn es Zündstoff für den Scheiterhaufen, mit einem Epilog als Vorwort. Für einen Leser mit zunehmendem Abstand zu den nachstehend beschriebenen Ereignissen steht hier nichts als Vergangenheit geschrieben. Dieser Hoffnung ist es zu verdanken, weshalb ich mich dazu entschlossen habe, zumindest die ersten viereinhalb Wochen der gegenwärtig anhaltenden Pandemie durch COVID-19 auf eine Art zu begleiten, die ihre Beispiellosigkeit herausschürft. Was ich biete, ist nichts als meine Stimme. Meine Verse und Worte, also meine Sprache widmet sich den als nebensächlich missverstandenen Details. Allein, sie spricht sie nicht nur aus, sie verkörpert die Krise, wiederholt: Die Krise – ohne sie hätten wir keine Geschichte zu erzählen. Der Text ist Krise, und so ist es der Mensch.

Es ist dieses das Signum meines Experiments, bei dem der Körper des Textes seine eigene Entstehung erlebt und davon berichten darf, unkontrolliert vom Diktat kausaler Form & Funktion, dem sich das wahre Leben stets entzieht. Dieses Tagebuch schreibt sich dem Schwanken zwischen Innen und Außen ein, zwischen Gefühl und Tatsache.

Jeden zweiten Tag saß ich hier, freilich nicht immer glücklich über den Umstand. Zunächst noch nach Struktur suchend bemerkte ich bald, dass mir die Verordnungen und das Kontaktverbot innerliche Freiheit aus längst verschütteten Tagen freilegten oder sie wie vergessene Überreste aus der Tiefe hoben. Machte ich mir dieses Wrack seetauglich, so konnte ich vielleicht unbegrenzt Welle um Welle nehmen…

Wie weit her es mit dieser Einschätzung gewesen sein konnte, soll hier nachträglich nicht vorweggenommen werden. Worauf es mir ankommt, ist, dass keiner der Einträge eine anschließende Behandlung erfahren hat.

Vor deinen Augen entwickelt sich der dunkle Strom einer ansteckenden Sensibilität, die sich auf das Leben entlädt. Drum bitte ich dich, sie zu lesen als das, was sie verkörpert und nicht mehr. Raum voll Abwesenheit, in dem nur die eigene Stimme erklingt.

Berlin, im Sommer 2020   E. Eising

Erste Woche

Der dicke alte Mann auf dem Moped macht Bewegungen wie auf einem Schaukelpferd. Er kommt nicht mehr vom Hauptständer herunter, ist hilflos. Der Helmkofferraum, der Gepäckkofferraum, gekränzt von zehn, zwölf Packungen Toilettenpapier; er: zusammengepfercht zwischen Türmchen aus Kartonkisten, vollgepackt mit Konserven. Ein Passant zeigt Hilfsbereitschaft, gibt sich und dem Unglücklichen einen Ruck, so dass dieser loskommt. Einen Meter lang wackelt er noch, bevor er umfällt, sich zur Seite rollt und auf dem Rücken liegen bleibt, dann stoppt das Video.

Die beiden Mädchen, die alles aus sicherer Entfernung mit dem Handy gefilmt haben, lachen sich halbtot. Ich lache ein bisschen mit, aus noch sicherer Entfernung, von zu Hause aus, durch den Handybildschirm hindurch. Noch habe ich gut lachen, noch funktioniert das W-LAN, noch ist der Kühlschrank voll und ich informiere mich, wie die meisten, stündlich über die aktuellsten Entwicklungen zur momentanen Lage. Während zynische Stimmen behaupten, endlich passiere mal was, während Ökonomen sagen, eine Katastrophe stehe uns bevor, sehe ich das alles fast indifferent. Dem Klima schadet es nichts, wenn der Handel Einbußen erfährt. Greta T. reibt sich die Hände mit Desinfektionsgel ein, mein Bücherregal ist voll und ich verspüre dieses halbvergessene Gefühl aus frühen Kindertagen, als es nichts zu tun gab und ich auf meinem Schaukelpferd über den braunen Teppich der Altbauwohnung in der Robert-Koch-Straße ritt. Ich greife mir ein Buch aus dem Regal, es ist « La Peste » von Albert Camus, ich schlage es auf und lese das Incipit, es geht so:

« Il est aussi raisonnable de représenter une espèce d'empri-
sonnement par une autre que de représenter n'importe quelle
chose qui existe réellement par quelque chose qui n'existe
pas. »

– Daniel De Foe

Apropos Robert Koch, was empfiehlt das RKI denn heute?
Schnell die letzten Twittermeldungen nachholen. Die Virologen haben in den letzten Tagen ein bisschen unsere Legislative
abgelöst, alle erwarten gespannt die nächsten Ansagen, die
dann von der Regierung umzusetzen seien: Einschränkungen
im Verkauf von Waren, Veranstaltungsverbote, die Empfehlung, meinen dreißigsten Geburtstag abzusagen. Jetzt sitze ich
alleine hier, mit Clownshut, tröte vor mich hin: trööt – –
langweilig.
Auf einem alten Foto sitze ich auf einem Holzmoped, gerade
mal ein Jahr alt bin ich darauf. Es schmückt die Whatsapp-
gruppe für meine eigentlich geplante Feier, in der ich neulich
schreiben musste, dass es unter meinem Namen keine
„Coronaparty" geben wird. Ich weiß, *not that berlin of me*,
aber eigentlich komme ich auch gar nicht von hier. Irgendwo
musste es halt hingehen, mit Anfang zwanzig. Zum Feiern bin
ich jedenfalls nicht hierhergezogen, weswegen ich mich häufig habe vor meinen Bekannten rechtfertigen müssen. Jetzt, in
Zeiten der sanften Quarantäne, vermisse ich nichts. Neulich
habe ich mir sogar in weiser Voraussicht noch ein neues Buch
für den Stapel besorgt: Lutz Seilers „Kruso". Auch in seinem
Incipit steht etwas von Daniel De Foe. Dieser De Foe – – der
muss was gekonnt haben, denke ich so. Der war sicher fleißi-
ger als ich in diesen Tagen, war unheimlich ehrgeizig, aber
warum?

Der Mann im Video fällt um, macht einen Purzelbaum rückwärts und bleibt auf dem Rücken liegen, die Mädchen lachen sich darüber kaputt. Die Jugendlichen seien nicht betroffen, sagt man, sie gehörten nicht zur Risikogruppe. Das sei unser Glück; man mag sich nicht ausmalen, wie besorgte Eltern sich aufführen würden, die noch Kraft genug hätten, einen Motorroller durch die Fensterscheibe verriegelter Geschäfte zu schleudern, auf der Suche nach Lebensmitteln, auf der Suche nach den letzten paar Rollen Toilettenpapier. Vielleicht ist das alles, kindische Spinnerei meinerseits, ein chiffrierter Regulierungsmechanismus der Natur. Er zeigt uns, wie zerbrechlich wir sind und wie adaptiv gleichermaßen. Nebenbei löst er auch noch das Rentenproblem. Wer darüber jetzt noch lachen konnte, der glaubt nicht an seinen eigenen Tod.

Letzten Sonntag verabredete ich mich mit einem Freund zum Spazierengehen, um das leere Berlin zu erkunden, die einmalige Chance zu ergreifen und doch endlich einmal eine kreative Aktion zu starten, mal furchtlos sein, während alle Angst haben und zu Hause sind, aber Berlin war nicht leer, ich hatte mich enttäuscht. Im Gleisdreieckpark trafen sich Jugendliche, wie sonst auch, zum Basketballspielen und Skateboardfahren, an den Eisständen warteten Familienväter auf ein paar Kugeln Waldmeistereis mit bunten Streuseln, die Spätiverkäufer am Ostkreuz berührten mein Kleingeld nur noch mit Latexgummihandschuhen, nachdem sie ihr Handy beiseitegelegt hatten. Die Berliner sind unsterblich, lassen sich nichts gefallen oder verleugnen sie nur? Werden sie danach zornig, verhandeln sie oder akzeptieren, was ist? Vielleicht sind wir alle bald verschwunden, denke ich vor meinem Bücherregal, auf die Rücken meiner verstaubten Freunde starrend.

Anstatt mich endlich an den Schreibtisch zu setzen und in

Herrgottsnamen den Aufsatz zu schreiben, um den mich Thanassis bat, gehe ich lieber ins Internet, oh Versucher!, vertrödele, wie mein halbes Leben bereits, noch ein bisschen mehr meiner Zeit, die ja aber endlos erscheint in den letzten Tagen. In der Zeit (online) finde ich eine Kleinigkeit von David Wagner und hoffe, er trägt fleißig seine Handschuhe beim Annehmen von Paketen und bleibt in Sicherheit. Er wohnt irgendwo im Prenzlauer Berg, glaube ich, und ist seit seiner Organtransplantation immunsupprimiert; vielleicht sortiert er gerade seine vielen Verlagsverträge, irgendwas muss ja übrigbleiben. Ehrlich gesagt weiß ich nicht, ob das alles so stimmt, was da steht, dem Autoren soll man bekanntlich nichts glauben. Sein Scriptor war mir trotzdem immer sympathisch und seine Worte bewegen mich mehr als mein Wille nach draußen zu gehen, vor allem heute. Warum auch ein verlogener Autor sein?

Die Kinder im Video lachen. Sie haben dem Alten nicht geholfen, vielleicht wissen sie gar nicht, wie das geht. Die Regisseurin prophezeit wiederholt: „Den wimpst's glei' um, den Typ!", und freut sich, als es sich ereignet. Das Video geht viral, das bedeutet, es ist für einen Tag fast berühmt und am darauffolgenden bedeutungslos. Für COVID-19 bricht sich hier kein Jugendlicher einen Zacken aus der Krone.

In Griechenland entbrennt derweil ein Hoheitskampf zwischen Kirche und Staat. Mich erreicht die Nachricht, dass viele Gläubige auch trotz der Krise wollen, dass ihre Kinder zur Kommunion alle von einem Löffel naschen. Von hinter meinem Fenster aus klingt das so sehr komisch, es ist aber nicht zum Lachen.

Was bleibt, solang der Strom noch fließt, werden die lachenden Jugendlichen sein, die alles nicht so bierernst nehmen, wie wir Noch-Jungen oder Altwerdenden. Wie soll man es nennen in dieser Welt, in der niemand alt sein will? Wenigstens gibt es wohl doch noch schlimmere Krankheiten als das Älterwerden. Meine Eltern gehören seit letztem Jahr offiziell zur Risikogruppe, aber meine Mutter will lieber noch, wie sie sagt, ein wenig ihre Jugend nachholen. Jetzt wäre der beste Zeitpunkt dafür.

Auf dem Weg zur Arbeit sah ich neulich noch, wie Jugendliche, von der Schule aufgrund der hohen Ansteckungsgefahr freigestellt, sich um die Tischtennisplatten und Fußballkäfige verteilten, um sich die Zeit zu vertreiben. Ich fand das lässig, hätte früher mich nicht anders verhalten. Nicht, weil ich gern draußen war, sondern weil ich dagegen war. Vielleicht bin ich deswegen später auch so oft dringeblieben, aber das ist eine andere Geschichte, eine für die lange Quarantäne, die, wenn sie dann kommt und die Straßensperren errichtet worden sind, doch ein netter Gedanke wäre, um endlich mal aktiv zu werden. Vielleicht lass' ich's aber auch, was soll's. Fang ich's an, lass ich's bleiben?, den ganzen Tag reite ich auf diesem Gedanken über das Laminat in der Wohnung am Ostkreuz, hin und her, der Flur ist gemütlich lang, ich erkunde ihn wie später vielleicht mein Zimmer im Krankenhaus, erkunde ihn, wie auf großer Fahrt, die Welt.

Auch wenn viele meinen, sie gerate nahe an den Stillstand, sie dreht sich doch. Heute nur steigen wir aus einer Achterbahn und halten darum die plötzliche Ruhe für eine Erschütterung. Meistens lacht man dann doch, wenn der Körper sich beruhigt. Ganz so, wie die Jugendlichen, die das alles scheinbar gar nichts angeht. Ich genieße es, finde dabei die Geschwindigkeit des Denkens wieder und nur für den Fall, dass ich das Ganze am Ende doch überlebe, sollte ich mich langsam daransetzen, diesen Aufsatz endlich abzufassen. Vielleicht kommt die Gelegenheit nie wieder.

21.03.2020

Erstaunlich, denke ich, das Leben scheint im Moment so langsam, und doch ersetzen die Ergebnisse der Virologen und die empirischen Zahlen aus den Testlabors jeden Tag unser Weltbild, so dass man kaum glauben kann, gestern Gesagtes hätte einmal Bedeutung gehabt. Ich blättere durch meine Nachrichten der vergangenen Tage. Noch letzte Woche habe ich mich, was heut unmöglich erscheint, mit Sascha auf ein Bier verabredet. Diesen Montag wollten wir uns abends in Potsdam treffen. Zwei Tage vorher schrieb er mir, wir müssten verschieben, er sei krank geworden und das Pub sei übrigens bis Mitte April zu. Er meinte, die nächsten Wochen würden nicht lustig, aber für mich als Schriftsteller sei's ja gut, außer es würde wie bei „Shining". Eine Flasche Bourbon, ein Glas und ein bisschen Eis, Loyd!

Leider bin ich kein großer Whiskeytrinker und das Eisfach müsste schon seit Jahren mal abgetaut werden, dauernd tropft Tauwasser auf die obere Glasplatte, wo sonst Butter, Himbeerkonfitüre und Leberwurstersatz stehen, das ist aber alles schon leer geworden. Der Griff des Faches ist ebenfalls defekt und schließt nicht mehr richtig, bricht jedes Mal ab und man muss ihn wieder randrücken, wie den Arm einer kaputten Spielzeugfigur, bis er einrastet; anfangs vollzieht sich eben jeder Verfall schleichend. Demnächst löst sich das Problem ja vielleicht von selbst, wenn der Strom dann ausgefallen ist und alle panische Angst haben werden und wir uns nicht mehr auf die Straßen trauen, die Türen verriegeln und die Leute Äxte in meine hauen müssten, um mich besuchen zu kommen. Tut mir leid, ich habe selbst kein Toilettenpapier mehr, seit der Rechner nicht mehr läuft, brauche ich es zum Schreiben. Ja, mir geht's soweit ganz gut, danke der Nachfrage.

Es ist schwierig, wenn man keine Rolle mehr hat. Eine Arbeitskollegin rief diese Woche bei der Mittagspause, wir sitzen jetzt mit zwei Metern Sicherheitsabstand beieinander, zu mir rüber, dass sich einige Menschen nun, da es eine Liste mit systemrelevanten Berufsgruppen gibt, die Sinnfrage gestellt hätten. Ich glaube, das entblößt den narzisstischen Charakter unserer Berufswelt: Von der Hauptrolle zum Statisten degradiert, das verkraftet sich nicht so leicht. Psychotherapeuten sind aber zum Glück auch systemrelevant, ausgebrochene Existenzkrisen werden also aufgefangen. Systemrelevant sind sowieso alle im Gesundheitswesen, das medizinische Personal in Hospitälern, Pflegepersonal, aber auch, siehe da, Menschen bei den Stadtwerken, im Einzelhandel, bei der Müllentsorgung und der Post, … die Liste ist noch länger. Sie alle werden bis zum Ende weitermachen.

Grau erinnere ich mich noch an eine Zeit vor der Epidemie, wo niemand gern einen dieser Berufe ausgeübt hätte, weil er weder ein anständiges Gehalt noch gesellschaftliche Anerkennung versprach. Heute wirkt das völlig absurd, jeder ist darauf angewiesen, dass alles weiterläuft. Morgen wird es vielleicht schon wieder anders aussehen, also genießt den Beifall, solange er dauert. Seit gestern klatschen die Menschen übrigens wirklich um 21.00 Uhr von ihren Fenstern und Balkonen aus für die Systemrelevanten, um ihre Solidarität zu bekunden, so heißt es. Mehr Unterstützung gibt es nicht, geht momentan auch schlecht, dazu hätte man vorhersehen müssen, dass es eine Schwachstelle des Systems sein könnte, wenn in systemrelevanten Berufen alles auf Kante genäht wird. Aber Menschen sind anpassungsfähig und wie Herr Wieler in der gestrigen Pressemitteilung des RKI schon betonte, erwarte er, dass die Krankenhäuser jetzt bereit sind. Es wird übel und, hier der Moment, wo mein gehässiges Grinsen erstarrt, mehr als Worte kann auch ich nicht beitragen. Wenn die ersten Supermärkte aufgrund von erkrankten Mitarbeitern schließen, wenn das Krankenpersonal vor Erschöpfung auf seinen Laptops einschläft und die Atemmasken nach Lebenserwartungslotto verteilt werden, dann ist die Sinnfrage vermutlich angebracht. *So long, cheers, Loyd!*

Vor einigen Wochen bin ich mal so zur Diabetologin gegenüber. Sie hat die Urlaubsvertretung für die Ärztin übernommen, die meine Hausärztin hätte werden sollen. Vorher war ich, seit ich in Berlin lebe, nie darauf angewiesen. Eigentlich bin ich auch nur für eine Unterschrift dort hingegangen, aber, wie ich jetzt weiß, kommt kein Mensch aus einer Diabetologenpraxis heraus, ohne eine Blutprobe abgegeben zu haben. Die Mitarbeiterin ist, wie ich finde, ich habe ja kaum Erfahrung, erstaunlich nett zu mir, ich mache brav eine Faust, sie nimmt mir ein paar Tropfen. Am darauffolgenden Tag erreicht mich ein Anruf von der Frau Doktorin. Sie fragt mich, wie ich es so mit dem Alkoholkonsum halte und rät mir, einfach mal sechs Wochen die Finger davon zu lassen, meine Leberwerte seien nämlich erhöht. Ich antworte ihr, ich wisse nicht, ob ich das machen wolle, weil in fünf Wochen mein dreißigster Geburtstag ansteht und ich mich schon darauf eingestellt hatte, mit meinem Bruder um die Wette zu saufen, woraufhin sie anfängt zu lachen und mir kompromissbereit vorschlägt, ich solle einfach in der Woche davor nochmal kommen. Seitdem trinke ich nichts mehr, habe aber eine Vorliebe für Gummibärchen entwickelt. Ich bilde mir darum ein, ihr Geschäftsmodell verstanden zu haben.

Obwohl die Welt am Abgrund steht, wie die Ökonomen sagen, bin ich brav geblieben. Bis letzte Woche hatte ich mich noch darauf gefreut, nächste Woche endlich auf die Vergangenheit und die Zukunft anzustoßen. Noch bereue ich es nicht, mir meine Leber nicht zerschossen zu haben, wo wir doch bald alle langsam verhungern werden. Noch glaube ich an die digitale Anzeige in der Reinhardtstraße, glaube an die Schulden-uhr, die noch rückwärts läuft und uns glauben macht, diese Welt sei auf solidem Grund gebaut. Die Regierung und der Bund beschließen in diesen Tagen Auffangpakete in Milliardenhöhe, um Kleinunternehmer und Selbstständige zu unterstützen. Die Nullzinspolitik der letzten Jahre erscheint auf einmal wie blanke Idiotie, es wird sehr teuer werden; die Uhr in der Reinhardtstraße wird wieder vorwärts laufen, die Kindeskinder werden es in digitalen Schulapps lesen, werden sich ärgern, dafür bezahlen zu müssen, und sich darüber betrinken, eines Tages, vielleicht.

Wenn einmal Nachkommen diese Zeilen lesen und sich wundern werden, wie überraschend diese neue Situation für uns war, wenn sie darüber staunen werden, dass wir uns früher einfach so in Pubs getroffen haben und ohne Handschuhe und Masken rausgegangen sind, uns die Hände zur Begrüßung geschüttelt haben oder sogar umarmt, dann ist ihnen die Sicht bereits versperrt darauf, welche Rechte sie in Wirklichkeit eingebüßt haben. Wenn es um unsere Gesundheit geht, welcher Preis kann da zu hoch sein? Die Habenslogik erklärt auch Menschenrechte zu einem Gut, und das hat einen Wert. Ich frage mich, ob ihr Kurs, wie der aller Luxusgüter, auch bald einbrechen wird.

Gegenmaßnahmen sind dringend nötig, die französische Parfumindustrie hat zum Beispiel ihre Produktion auf Hygieneartikel umgestellt. Die Waffenherstellung für Emmanuel Macrons Krieg gegen die Pandemie ist schon in vollem Gange und auch hierzulande kamen die ersten Kriegsmetaphern seitens der Regierung, vermutlich, so mein Gedankenspiel, um diejenigen des Nachbarn ein wenig abzufedern. In Camus' « La Peste » taucht derselbe Vergleich auf: Krieg und Pest gleichermaßen träfen die Menschen überraschend. Ob die Entwicklungen wirklich so überraschend gewesen sind? War nicht schon vor Monaten in Wuhan das Virus ausgebrochen? Ich suche im Netz nach Aussagen von Politikern, finde keine; die Realität erreicht sie erst in diesen Tagen. Gestern sagte Lothar Wieler nochmal, der zwar kein Politiker ist, aber inzwischen richtungsweisend für die Politik, er habe sich das Ausmaß dieser Pandemie so niemals vorstellen können. Vielleicht nie wieder werde ich den Duft von *Rive Gauche* vernehmen, dafür kann ich aber mein Handy nach der Arbeit fleißig mit Desinfektionstüchern einreiben.

Dieses Wochenende wird darüber entschieden, ob eine neue Eskalationsstufe der Krise erreicht ist und bundesweit Ausgangssperren verhängt werden. Der Ministerpräsident Bayerns preschte damit bereits gestern vor, was ihm keine schlechten Chancen einbringt, der nächste Kanzlerkandidat zu werden, wenn Frau Merkel demnächst in Rente geht. Vielleicht wird es aber auch Herr Wieler oder doch Herr Drosten, wenn man den Medien glauben darf, aber das darf man nicht, man soll nur den offiziellen Glauben schenken. Das sagte Frau Merkel vorgestern noch in einer ihrer Ansprachen. Noch gibt es Beifall, noch sind genug Hände da, die klatschen.

Zweite Woche

Ich springe wie auf einem Trampolin in der Robert-Koch-Straße, die alte Couch mit den Hartholzlehnen und dem zerschlissenen, bordeauxfarbenen Textilüberzug ist noch sehr groß für mich. Im Fernsehen läuft der Sechs-Millionen-Dollar-Mann: Dem mache ich's nach. In jeder Folge springt er über Mauern und Zäune; mir gefällt vor allem das merkwürdige Geräusch, das dabei abgespielt wird. In meinem Kopf denke ich mir eine Mauer aus, über die ich drüber will, um meine Mutter, im Sessel nebenan sitzend, zu überraschen. Mit oder ohne Anlauf, ich weiß nicht mehr so richtig, geht's los, ich versuche zu springen, aber ich kann ja nur hüpfen.

Bund und Länder haben sich gestern auf bundesweite Einschränkungen geeinigt, Bayern hält an seinem standardmäßigen Sonderweg fest; ich finde beides in Ordnung. Kontaktverbote seien besser als Ausgehsperren, heißt es, denn man kann trotzdem noch rausgehen, ist halt nur verboten Leute zu treffen. Meine Arbeit werde ich ab sofort also von zu Hause aus erledigen müssen, ich weiß noch nicht mal, wie das gehen soll, aber meine Chefin hat mich schon in einer E-Mail beruhigt, ich solle mir keine Sorgen machen. Da bin ich aber froh, es gibt Arbeit. Viele wissen sich offenbar nicht die Zeit zu vertreiben oder werden depressiv, wenn sie zu lange allein in ihrer Wohnung bleiben; zum Glück kann mir das nicht mehr passieren.

In Zeiten, wo einem die Struktur genommen wird, ist meine Strategie eine einzuführen. In der Früh, mit militärischer Strenge, ich orientiere mich wieder an Herrn Macron, nehme ich, nachdem der Wecker klingelt, die Eisenkapsel mit Vitamin C ein, wasche mich mit kaltem Wasser und entscheide danach, es mit dem Rasieren doch noch sein zu lassen. Danach folgt ein Gang zum Bäcker Süß von gegenüber. Die Mitarbeiterinnen bleiben da, vorerst. Auch sie hätten ältere Familienangehörige zu Hause und es helfe nicht, dass manche Kunden nicht verstünden, sich beim Husten die Hand vor den Mund zu halten. Eine von ihnen zeigt mir ein Video auf ihrem Handy, von hinter der Theke aus, ich kneife die Augen ein bisschen zusammen, sehe Herrn Bosselmann, den Bäcker aus Hannover, der die Realität der vom Bund beschlossenen Zahlungen und Unterstützungspakete an die mittelständischen Unternehmen beschreibt. Die Gelder versackten im Bankensektor, so seine Klage; es gebe hunderttausende Anträge, in sechs Wochen müsse er dicht machen. Auch die Mitarbeiterinnen bei Süß haben eine Scheißangst, sagen sie. Ich gebe ihnen außer ein paar Groschen, wie immer nichts weiter als meine Worte, doch komme jeden Tag vorbei, solang es eben geht. Sich einen festen Plan machen und ihn einhalten. Heute Nachmittag gehe ich mal der Diabetologie einen Besuch abstatten, frage dort, wie's aussieht und ob sie mein Blut noch haben wollen. Vielleicht rufe ich aber erst einmal nur an, obwohl mich die Bierflasche im Kühlschrank ja schon seit Tagen anlacht.

Wieder oben angekommen wasche ich mir die Hände, wasche extra gründlich, wasche zweimal, denke an morgen und drehe den Hahn zu. Anderthalb Teelöffel Bröselkaffee in die Tasse oder sollte ich besser, damit's länger hält, auf den halben verzichten? Einmal wandert der Blick nochmal den Flur entlang, dann schließe ich meine Tür und schreibe wieder, denn solange ich es mache, glaube ich noch an ein Leben danach, an dieses Leben, nach der Krise.

Vielleicht schaue ich mir auch erst noch ein Video im Internet an. Es findet mich ein Kanal, auf dem Militärnotrationen aus dem Zweiten Weltkrieg geöffnet werden. Die Konserven sind jahrzehntelang abgelaufen, aber vom Dosenbrot kann man noch abbeißen und die Erdnussbutter ist sogar ein bisschen cremig. Der Bröselkaffee ist ebenfalls, auch wenn er merkwürdig riecht, noch genießbar. Es beruhigt mich zu wissen, dass die Notrationen, würden sie heut Nacht eingeschweißt, an meinem Lebensende noch immer essbar sein werden. Irgendetwas aus dieser Welt scheint übrig bleiben zu können, auch wenn es nur die Notkaramellen und Fleischwürfel der Bundeswehr sind; langsam auf dem Mund zergehen lassen müsse man sie, dann stelle sich weder Hunger noch Durstgefühl ein, steht in der glänzenden Benutzungsanweisung auf bedrucktem Goldpapier. Vielleicht nützt die noch, ganz am Ende dann, wenn grausende Eiseskälte uns im Bann hält, uns die Hände vors Gesicht schlagen lässt, um ein wenig Aufmerksamkeit zu erregen, rettet die Hoffnung, gerettet zu werden, oder wenigstens eine Elster einzufangen und sie zu verspeisen. Auf dem Geländer meines Balkons sitzt manchmal eine Taube, aber so weit sind wir noch nicht, nur der Gedanke ist in der Welt. Allein, man müsste handeln, solang man noch bei Kräften ist und nicht zu langsam, oder stellt man sich tot, wartet, bis sie zutraulich wird und schlägt dann zu?

Eine Wolfsburger Oberärztin rechnet unterdessen damit, dass Suizidraten durch die Folgen der Isolation steigen werden und blickt ebenso besorgt auf zur Neige gehende Masken, Kittel und sonstiges Material auf ihren Stationen. Die Vorräte reichten noch für eine Woche, sagt sie. Die Lage wird sich in vielen betroffenen Ländern ähnlich, wenn nicht intensiver, zuspitzen. Es erreichen mich Bilder von katastrophalen Zuständen in Venezuelas Krankenhäusern, Bilder von klagenden Menschen, denen Zugang zu sauberem Wasser fehlt. Allerdings muss man nicht einmal so weit wegschauen, um Orte zu sehen, an denen allein die Infektion für viele das Todesurteil bedeutet. In Madrid und in Bergamo steigen die Todeszahlen rasant. Eine spanische Ärztin rekapituliert die bereits vor Ausbruch der Epidemie erreichte Überlastung des Gesundheitssystems; in Italien müssen Patienten bereits aufgegeben werden, das heißt, sie werden von der Intensiv- auf die Palliativstation verlegt, und auch aus Deutschland gibt es Berichte von medizinischem Personal, das zubodengesunken um Kraft ringt, jetzt, anderthalb Wochen nach Aufzeichnen der ersten Diagnosen.

Der behandelnde Arzt der Bundeskanzlerin wurde vorgestern positiv getestet, weshalb auch Frau Merkel, die natürlich zur Risikogruppe gehört, ab sofort ihre Geschäfte in vorsorglicher häuslicher Quarantäne verrichten muss. Ein Test kann ungefähr zehn Tage nach der Ansteckung für positiv befunden werden, weil sich erst nach sechs bis acht Tagen Antikörper bilden und die Auswertung auch seine Zeit braucht, wird berichtet. Die deutsche Wirtschaft produziert derweil, unter Hochdruck, zwölftausend dieser Tests täglich, das heißt man benötigte weit mehr als ein Jahr, um jeden Bürger zu testen, selbst wenn genügend Laborpersonal zur Verfügung stünde. Darum gelten für das Robert-Koch-Institut seit Ende letzter Woche alle Familienmitglieder einer positiv getesteten Person als infiziert.

Mit Anlauf springt der Sechs-Millionen-Dollar-Mann über die Mauer in den Köpfen. Wieder einmal schafft er es, doch was er nicht sah, war, hinter der Mauer, die Schlucht! Ein Moment lang Kribbeln im Bauch, ein Fall in den Abgrund; mit einem merkwürdigen Geräusch zerbricht mein Kiefer auf der Hartholzlehne der alten Couch, meine Mutter hält mich im Arm, aus meinem Mund kommt eine dicke, bordeauxfarbene Flüssigkeit und: „Mama, Bier trinken."

Die Virologen aus dem Hasso-Plattner-Institut wollen gegen die Verschärfung der Pandemie mit verschärften Kontrollen, ähnlich wie in Korea, vorgehen, werben für ihre Handyverfolgungsapps und begrüßen die Vorschläge des Gesundheitsministeriums, Daten aller Bürger auch ohne deren Einwilligung nutzen zu wollen. Im Namen der Gesundheit ist eben alles erlaubt; auch nach der Krise? Wann ist überhaupt nach der Krise?

In der Präambel des Berichts zur Risikoanalyse im Bevölkerungsschutz aus dem Jahr 2012 steht geschrieben, die Aufgabe des Bevölkerungsschutzes sei es unter anderem, die Bevölkerung vor Schadensereignissen zu bewahren. Im zweiten Kapitel dieses Berichts, welcher bereits den Erreger CoV erwähnt, heißt es dann: „Das Gesundheitssystem wird vor immense Herausforderungen gestellt, die nicht bewältigt werden können. […] Nachdem die erste Welle abklingt, folgen zwei weitere, schwächere Wellen, bis drei Jahre nach dem Auftreten der ersten Erkrankungen ein Impfstoff verfügbar ist." Auch wenn Dietmar Hopp uns bereits diesen Herbst einen Impfstoff verspricht, denke ich an die Aussagen von Herrn Wieler von vor ein paar Tagen zurück und wundere mich nochmal ein bisschen heftiger darüber, wie überraschend das Ausmaß der Pandemie für das RKI doch gewesen sei.
Die Seuche hat also noch mehr Dynamik als erwartet, denke ich so, hinter meinem Fenster die Tauben beobachtend, die in regelmäßigen, wenn auch verlangsamten Abständen vorbeifliegen. Alles ist langsam und schnell gleichzeitig und das, was gestern war, heute nicht mehr wahr und trotzdem soll man daraus lernen. Langsam wäre immer noch zu schnell, in diesen Tagen, auch wenn sich das mit Blick auf die Krankenhäuser zügig ändern wird. Bald werde ich mich einmotten müssen, in ein hermetisches Weckglas, werde den Deckel versiegeln müssen und an die Scheibe klopfen, von hier aus, in der Hoffnung, jemand liest mich durch seine. Ich versuche, ebenfalls

dynamisch zu bleiben, gleichzeitig rigide strukturiert, damit hier alles sich weiterschreibt, soll heißen: weiterlebt.

25.03.2020

Die Rettungsstelle ist, von der Robert-Koch-Straße aus, zu Fuß, innerhalb dreier Minuten zu erreichen. Den Patienten legt man auf den Operationstisch, das Isofluran riecht ein bisschen nach Gummibärchen; Latexhandschuhe, Antiseptika, Licht, Kamera: *Gentlemen, we can rebuild him, we have the technology*. Sie finden meine Zähne irgendwo tief in meinem Oberkiefer, ziehen sie heraus, remodellieren erfolgreich mein Gebiss, setzen mir eine Schiene ein, vergessen, dass ich außerdem die bionische Leber, die bionischen Augen und Lungen bestellt hatte; man hätte, wenn man schon dabei war, doch alles in einem Aufwasch erledigen können, denke ich mir, als ich aus der Narkose erwache.

Die Ringbahn fährt am Fenster der Wohnung am Ostkreuz vorbei, sorgt dafür, dass ich aufstehe, das Fenster schließe und bemerke, wie spät es eigentlich schon ist. Nach drei Tagen zeigt meine selbstauferlegte Struktur bereits Haarrisse, ein Steinschlag genügte und das Einweckglas würde zerbersten; also: Stillgestanden!, Vitamintablette induzieren, kaltes Wasser ins Gesicht und sich nochmal gegen eine Nassrasur entscheiden. Anderthalb Teelöffel Bröselkaffee später sitze ich am Tisch und erinnere mich, mit einem Blick auf mein Handy, dass gestern mein Geburtstag war. Willkommen im Klub der Dreißiger, willkommen im nächsten Level, hat man mir geschrieben. Ich freue mich über die lieben Nachrichten mit den bunten Emojitorten, muss allen aber noch antworten. Die Benjamin-Blümchen-Torte auf der anderen Seite der Handyscheibe sieht lecker aus, Mutti, ich würde gern die Hälfte essen, aber ich bleibe besser vernünftig, das Zeug ist sowieso viel zu süß, teilt sie also einfach unter euch auf. Ich lege das Handy erst einmal weg und antworte sicher später.

Danach der mittlerweile obligatorische Klick auf die Webseite des RKI. An sich könnte man es sich, zumindest bis Anfang nächster Woche, sparen, die Zahlen anzuschauen, man braucht sie nicht mehr zur Beruhigung, weil die seitens der Regierung vorgenommenen Maßnahmen frühestens am 30. März sich an den Kurven ablesen lassen würden. Abstandhalten sei darum das Gebot der Stunde, wir stünden am Anfang der Pandemie, sagt Herr Wieler, seit mehreren Tagen die gleichen Parolen von der Kanzel wiederkäuend. Der spannende Teil der täglichen Pressekonferenz ist für mich mittlerweile die Auswahl an Fragen aus der Bevölkerung, zum Beispiel wollte jemand wissen, ob die vergleichsweise niedrigen Infektionszahlen aus dem Osten Deutschlands mit einer bis in die 70er Jahre hinein obligatorisch vorgenommenen Tuberkuloseimpfung in der DDR zusammenhingen. Knobelaufgabe für mich: Warum wurde ausgerechnet diese Frage ausgesucht?

Der Sechs-Millionen-Dollar-Mann ist ein Cyborg, ist ein verbesserter Mensch, stärker, schneller, leistungsfähiger, braucht keinen Urlaub, vermutlich nicht mal Schlaf. Hätten vielleicht, wenn einmal die Technik soweit ist, Pfleger und medizinisches Personal zuerst Anspruch auf eine totale Volloptimierung oder vielleicht die Paketboten? Vielleicht sind es auch die Öligarchen und Techbezos, die, auf entlegenen Karibikinseln in Sicherheit gebracht, ihren Teenagerkindern ein paar neue Organe zum Geburtstag schenken werden. In Deutschland wäre der Darmtrakt garantiert am gefragtesten. Auf die Jahre gerechnet spart es ja auch immens Zeit, wenn man nicht mehr auf Toilette gehen muss und umweltfreundlich ist es außerdem. Nach schon dreißig Jahren hätte sich der eigene CO_2-Abdruck allein durch das gesparte Wasser und Toilettenpapier amortisiert, habe ich gelesen, im Netz, irgendwo...

Genug davon, denke ich mir, stehe auf, strecke mich, schlurfe durch den Flur in Richtung Küche und suche, weil weder von Hunger noch Durstgefühl geplagt, nur das Licht im Kühlschrank, das mich merkwürdig beruhigt. Der war übrigens, spontane Einschätzung meinerseits, noch nie so voll wie jetzt. Das Tiefkühlfach werde ich also vorerst noch nicht abtauen können, beschließe ich. Kein Problem, die Torte hätte da sowieso nicht reingepasst. Auf einer Quarkpackung im obersten Fach bemerke ich eine kleine Pfütze von Tauwasser, das sehr langsam vom Tiefkühlfach darauf heruntergetropft sein musste und erinnere mich wieder: Langsam wäre noch zu schnell. Die Deutsche Gesellschaft für Epidemiologie rechnete vor einigen Tagen in ihrer Stellungnahme damit, dass ungefähr sechs Prozent der Infizierten auf Intensivstationen zu behandeln seien. Die bisherige Strategie, eine Verlangsamung der Infektionszahlen herbeizuführen, hätte, so die Experten, dennoch die Überlastung unseres Gesundheitssystems zur Folge. Die Zahlen basierten auf den chinesischen Erfahrungen, wurden aber mittlerweile, stärker differenziert, auf zwei bis maximal vier Prozent herunterkorrigiert.

Falschmeldungen sind hochansteckend. Sie gelten in diesen Tagen als unterschätzte Gefahr, und auch wenn zwischen Tuberkulose und Coronavirus kein Zusammenhang erkennbar ist, drängt sich für mich langsam einer auf, nämlich zwischen den von den öffentlich-rechtlichen Nachrichtensendern fleißig verbreiteten Bildern der noch desaströseren Verhältnisse in ausländischen Krankenhäusern und der jahrelang praktizierten restriktiven Fiskalpolitik in Europa, unter vornehmlich deutscher Anleitung. Heute steht Jens Spahn an vorderster Front, richtet seine Durchhalteparolen an das in den Schützengräben stationierte medizinische Personal. Gestern noch hat er das Gesundheitssystem krankgespart.

Als Cyborg würde uns das alle nicht mehr interessieren, denke ich mir so. Immun geworden gegen unbequem sich verbreitende Information, würden wir unsere Nachrichten einfach direkt eingespielt bekommen, vielleicht mit ein paar Werbeblöcken, die sich gegen kontaktlose Bezahlung oder Überstunden auf Arbeit oder, besser noch, wenn man sich gemeinnützig engagierte, abschalten ließen. Man wäre sicher, endlich sicher, hinter seiner Mauer im Kopf, wo man es sich gemütlich macht, ab und zu das Inventar seines videoüberwachten Kühlschranks überprüft oder die Luftfeuchtigkeit im Keller, um sich zu beruhigen. Viren sind keine Lebewesen, heißt es in der Biologie; sie sind, ganz schlicht, Information.

Am Fenster in der Wohnung am Ostkreuz stehend, beobachte ich die Tauben auf dem Baum im Hinterhof, sie gurren und schubsen sich ab und zu gegenseitig von den Ästen. Es ist ruhig und das Wetter ist sehr schön. Noch hält sich fast jeder an die von der Regierung beschlossenen Maßnahmen, noch sind keine marodierenden Jugendlichen auf den Straßen zu sehen oder Einbrüche von linksradikalen Plünderbanden vermeldet worden. Die Angst ist unbegründet, lasse ich mich langsam denken, auch wenn ich es wie kaum jemand sonst genieße, eine Ausrede dafür zu haben, den ganzen Tag mich zu verschanzen, solang sich an der Situation nichts grundsätzlich verändert.
Als ich meine Glückwünsche von gestern so durchgehe, bemerke ich, schöne Gefühlskonserve, die Sprachnachricht eines Freundes. Sie beginnt damit, dass er sich dafür entschuldigt, sich lange nicht mehr gemeldet zu haben, und beschreibt mir dann, was ihm in den letzten Wochen widerfahren ist. Er berichtet, er sei in der ersten Woche, als die Geschäfte schließen mussten, sehr angespannt gewesen, auch nicht richtig zum Schreiben gekommen sei er in der letzten Zeit, die ganze Situation wirke lähmend. Er wolle nicht wie ein alter paranoider

Sack wirken, sagt er mir, meint jedoch gleichzeitig, er habe sich vergangene Woche wie der einzige Mensch gefühlt, der die Lage begriffen hätte. Ansonsten sei bei ihm alles in Ordnung und er freue sich für mich, dass mein erster Eintrag auf Neoplanodion erschienen sei und will ihn gleich einmal nachholen. Irgendwie müsse alles weitergehen und so langsam geht es auch. Seit dem Wochenende sei er viel entspannter, könne mit dem Auto herumfahren, die Sonne genießen; die soziale Distanz mache ihm trotzdem zu schaffen. Sich nicht treffen zu können, niemanden sehen zu können, die andauernde Isolation, bereitet letztlich auch uns, die wir gern allein sind, einige Schwierigkeiten.

Allein sein, wann wird es mir wohl zu viel damit? Erinnerungen an sehr viel bewölktere Tage will ich noch nicht zulassen; noch war ich nicht einmal in der Diabetologie, angerufen habe ich auch nicht. Heute dann. Vielleicht mach' ich's, vielleicht lass' ich's bleiben; den ganzen Tag, den Flur entlang, das Licht suchen und vielleicht wieder zurückfinden, aber habe ich, weil unterwegs verloren, keine Leier mehr, nur mein Handy noch. Es wird für den Anfang genügen.

Unsere Freunde bald wiedersehen zu können, das ist unser großer Wunsch, in diesen Tagen. Die Krankheit wird noch eine Weile hier sein, vielleicht für immer, zumindest für zwei, drei Jahre. Wir können nur hoffen, dass unsere bionischen Beine uns bald die steile Kurve verflachen. Bis dahin klopfe ich ab und zu von hinter dem Glas aus an und hoffe, weil Menschen das machen, ihr bleibt gesund, solange es eben geht.

27.03.2020

Es ist die Ruhe vor dem Sturm, heißt es. Der Wecker klingelt mich nicht zu sanft aus dem Schlaf, woraufhin ich mich, ganz langsam, in die Vertikale zwinge, gähne, mich strecke und ins Badezimmer schlurfe; mein Blick flüchtet am Spiegel vorbei, auf die Bastkommode, fixiert den darauf liegenden angefangenen Film. Von den zwanzig Vertiefungen sind zehn bereits eingedrückt, die mir die Tage zählen, seitdem das Kontaktverbot besteht. Ich drücke mir eine elfte Vitaminkapsel heraus, beuge mich unter den Wasserhahn, um sie einzunehmen. *We have the technology*. Kaum zu glauben, dass vor einigen Jahren Epidemien, wie die jetzige, als Naturkatastrophen galten. Heute heißt gesund sein auch, Mittel dafür einzunehmen, es zu bleiben; die Kontrolle über die Natur fängt schließlich bei einem selbst an, das hat mir Balzac beigebracht, spätestens dann Proust: Veronal zum Schlafen, Koffein zum Wachen, immer nach vorn, zitternden Schrittes, aber wohin?

Ohne ein Ziel zu haben, solle man nicht über Strategien reden, sagt Karl Lauterbach in einer langweiligen Talkshow von gestern. War unser Dasein vorher nicht schon durch nichts weiter als zielloses Weitermachen geprägt, frage ich mich so. Vielleicht fällt es vielen daher so schwer, Strategien sich auszudenken, schwerer noch, sie durchzuhalten und dabei ein Lächeln zu bewahren, an der Theke beim Bäcker; noch gibt man sich dabei Mühe, aber ich schweife ab, soweit sind wir noch nicht. Beim Blick in den Spiegel frage ich mich, ob es nicht doch langsam an der Zeit wäre, sich zu rasieren. Keine ernsthafte Frage, nur eine aus Höflichkeit. Ich entscheide mich, der Pflanze noch einen Tag länger beim Wachsen zuzusehen; Routinen soll man bekanntlich nicht brechen, auch wenn es langsam anfängt zu jucken. Derweil wackelt das Bild im Spiegel wegen der Vibrationen, verursacht von der vorbeifahrenden

Ringbahn. Sonst hat mich das nie gestört. Irgendetwas ist heute anders, brodelt, unmerklich, unter der Oberfläche.

Nach nur ein paar Tagen der allgemeinen Abriegelung fällt vielen Bürgern wohl schon die Decke auf den Kopf, heben sich Stimmen, die nach Aufhebung der Verordnungen verlangen; Jens Spahn beschwört derweil weiterhin die Ruhe vor dem Sturm, die ewig werdenden Worte Herrn Wielers zelebrierend: Wir befinden uns am Anfang der Pandemie. Niemand wisse, was uns noch bevorsteht. Drei Säulen der Bekämpfungsstrategie: Eindämmung, Schutz der Risikogruppen, Versorgungskapazitäten erhöhen. Man kennt das auswendig, nichts Neues, nur Wiederholung, den ganzen Tag. Wann kommen die neuen Folgen, die nächste Staffel raus? Ich fühle mich schlecht unterhalten, muss mal frische Luft schnappen.

Die Mitarbeiterinnen beim Bäcker Süß haben jetzt ein Plastikschutzschild installiert, es hängt über der Kasse, an zwei dünnen stählernen Drahtseilen befestigt. Als ich hereintrete, ist sonst niemand da, nur eine der beiden Frauen geht mit einem Feuchttuch vorne an der Theke vorbei und nimmt, als sie mich eintreten sieht, fluchtartig wieder ihre Position dahinter ein. Nur schnell desinfizieren wolle sie, sagt sie, mir ins Gesicht grinsend; sie trägt keine Maske, vermutlich, weil sie überall ausverkauft sind. Ich freue mich über ihre standhafte gute Laune, brav meinen Abstand einhaltend, und lächle zurück. Dann kaufe ich das Übliche, lasse ihr ein bisschen Trinkgeld da, bedanke mich und verabschiede mich wieder, bis morgen, bleibt alle schön gesund! Auf dem Weg nach oben frage ich mich, was ihr der Euro dabei nützen soll.

Pflichtbewusst, wie die Kapsel von gerade eben, nehme ich meinen Bröselkaffee ein. Meine Prothesen geben mir übermenschliche Fähigkeiten, eine Lebenserwartung von über vierzig Jahren, und haben dabei geholfen, mich in einer Welt erwachsen werden zu lassen, wo der Tod nur auf der Leinwand lauert oder im Krankenhaus; auf jeden Fall ist er weit weg, ist unsichtbar. Die grausam positiven Zahlen aber steigen täglich und noch sind wir nicht daran gewöhnt, dass Menschen auch wirklich einmal sterben müssen, weshalb viele bereits Furcht mit Vorsicht verwechseln. Heute Morgen lese ich auf einer Webseite, es seien vierzigtausend Infizierte in Deutschland, die Tendenz ist natürlich weiter steigend, mindestens noch vier Tage.

Vielleicht, wenn der Sturm einsetzt, sind es dann sechzig-, siebzigtausend. Damit bekäme man die Nazischüssel in Berlin voll, wo ansonsten die Hertha BSC ihre Heimspiele austrägt. Seit einigen Wochen ist das Stadion leer. Da erinnere ich mich erst an das Stadtderby, das nicht stattfinden wird. Der Verein hatte den Verkauf von Karten auf Vereinsmitglieder beschränkt, allein der Gästeblock hätte fremde Trikotfarben tragen dürfen. Was soll's, denke ich mir, für mich hätte es keine Karte gegeben; so sieht das Spiel eben gar keiner. Vor kurzem hätte man das noch als Einschränkung interpretieren können, aber wir sind schon viel weiter gekommen in den letzten Wochen. Von Seiten einiger Mediziner wird bereits der föderalistische Rahmen Deutschlands bemängelt und die Forderung nach dessen Umgehung laut. Es ist noch keine zwei Monate her, da wurde eine gewisse Regierungsbildung in Thüringen noch zur Gefahr für die Demokratie erklärt; auch daran erkennt man sehr gut, wie weit wir gekommen sind, in ein paar Wochen.

Ja, es gibt eine Krise, das ist unbestreitbar. Mit Freunden tausche ich mich darüber aus, nehme ihre Besorgnis ernst, denn ich teile sie. In China ist die Sicherheitspolitik ein sichtbares

Kontrollinstrument, sind Argusaugen offen und auf jeden gerichtet. Unsichtbare Blicke funktionieren hier besser. Was wäre auch europäischer, als auf listigen Umwegen und durch das Prinzip der Naturbeherrschung in einen Sturm zu navigieren? Macht euch keine Sorgen, bei zwölf Schiffen wird schon eins übrig bleiben.

Beim Anruf in der Diabetologenpraxis von gegenüber werde ich, das ist neu, von einer elektronischen Warteschleife empfangen. Wenn Sie Schwierigkeiten bei der Atmung verspüren, wählen Sie bitte die zwei. Ich drücke Taste eins, fest entschlossen, mit einem Menschen zu sprechen und gerate an einen sehr heiser klingenden Mitarbeiter, der mir freundlichen Tones bestätigt, er wolle mein Blut schon ganz gerne haben. Leider gebe es keinen Termin vor nächster Woche Freitag. Na gut, eine Woche mehr oder weniger macht jetzt auch nichts mehr, wir haben einmal damit angefangen. Ich wünsche ihm noch einen schönen Tag, danach wieder überprüfe ich, ob das Licht in meinem Kühlschrank noch funktioniert, ah, geht noch, dann ist ja gut.

Später lese ich mir einige Beiträge auf Neoplanodion durch. Dazu kopiere ich, mein Griechisch ist nämlich sehr beschränkt, Textteile in den Übersetzer und lese mir die Einweckgläser voller Eindrücke aus längst vergangener Zeit (von voriger Woche) durch. Ich freue mich darüber, verwandte Stimmen zu vernehmen, ihre Gedanken zu teilen. Noch ist die Sorge der anderen lebendig, ihre Verärgerung wahr; noch tragen ihre Worte einen Rest Wärme in sich, doch auch die wird bald entwichen sein und zurück bleibt das graue Bild einer vergangenen Welt. Die Ruhe kommt nach dem Sturm.

Bis da ist noch hin, das stimmt. Es wird noch lange dauern, bis sich so etwas wie Normalität herstellt, was auch immer damit gemeint sein wird. Wer weiß, wie lange die Routine mir noch die stabile Struktur besorgt, die zum Verfassen dieser Zeilen so nötig gewesen ist, bisher. Bereits jetzt hat sie erheblich Seitenlage, läuft der Bug voll, tobt der stille Sturm draußen, wo die Tauben im Sonnenlicht sich baden.

Wenn es dann einmal Zeit sein wird das letzte sinkende Schiff zu verlassen, bemerke ich, viel zu spät, dass die bionischen Prothesen ohne Zuzahlungen nicht schwimmfähig sind und viel zu schwer, sinke ich, langsam, immer weiter, zum Grund hinunter; steigt der Druck an, wird das Rauschen immer lauter – – bis ich den Wasserhahn im Badezimmer endlich zudrehe, festen Blickes in den Spiegel schaue und beschließe, es ist genug, der Bart kommt ab.

Was heut sonst noch anfällt? Das war es eigentlich. Naja, es müssten noch die Pflanzen gegossen werden, Staubsaugen wäre auch mal angesagt. Lesen sollte ich wieder mehr, ein bestimmtes Buch von Max Frisch wäre ratsam und gesund. Es ist wichtig, nicht den Kopf zu verlieren, nicht die Arbeit abzubrechen und einfach noch ein bisschen weiterzumachen, noch sind wir nicht in Venezuela. Jeden Tag einen neuen Schritt wagen, in regelmäßigen Abständen, solange das Papier nicht ausgeht, weitermachen.

29.03.2020

Draußen vor der Kaufhalle stehen zwei weiße Schatten nebeneinander. Ganz stramm stehen sie da und grinsen mir freundlich zu, bilde ich mir ein. Ich will ihnen die Hand zur Begrüßung hinstrecken, aber meine Finger kommen nur bis zur Glasscheibe – –. Sensationelle Nachrichten erreichen uns aus der imperialistischen BRD. Dreißig Jahre sinnloser Konsum und freies Reisen sind Geschichte. Das Bonner Marionettenregime lässt seine Bürger nicht mehr reisen, nicht mal nach Bulgarien. Vor BRD-Intershops wie Rewe oder Edeka stehen heute lange Schlangen, drinnen sind die Regale leer; Kommentar Karl Marx': „Ich hab's euch immer gesagt." Experten schätzen, bald bricht die Versorgung mit dreilagigem Toilettenpapier endgültig zusammen – – plötzlich stoppt das Bild, in der Mitte der Scheibe dreht sich wiederholt eine weiße Schlange im Kreis, versucht ihren eigenen Schwanz zu erwischen. Ihr Datenvolumen ist fast erreicht, heißt es; ich merke: Wir erreichen das Monatsende.

Es ist das Ende der zweiten Woche der sanften Quarantäne und ich fühle mich schon recht gut eingerichtet. Ganz bequem von hinter der Scheibe meines Weckglases aus schaue ich der Ewigkeitssuppe beim Blubbern zu und freue mich, wieder eine Seite weiterzublättern. Ich schaue mich in meinem Zimmer um: Alles scheint wie immer, steht an seinem gewohnten Platz, nur der Papierkorb könnte mal geleert werden. War nicht irgendetwas anders, musste sich nicht zumindest irgendetwas verändert haben, zuletzt? Flüchtig prüfe ich im Flur die Tür zum Treppenhaus, aber keine Axt wurde bisher hineingeschlagen, im Badezimmerspiegel taucht kein grinsender Arzt in Vogelkostüm und Pestmantel auf, während ich mir die tägliche Vitaminkapsel verordne. Trotzdem, etwas Unheimliches trug sich doch zu, in den vergangenen Tagen: Ich habe mich zum ersten Mal mit den Worten eines CSU-Politikers ange-freundet. Es nützt nichts mehr, von Tag zu Tag zu leben und zu hoffen, morgen würde das Kino wiedereröffnen und die Bundesligavereine wieder Tickets verkaufen – – und wo zur Hölle ist die Nachbarin, die mein Päckchen angenommen hat, die müsste doch eigentlich zu Hause sein…

Eingerichtet sein heißt nicht, sich eine zweite Nabelschnur wachsen zu lassen in seinem Weckglas. Damit meine ich viel mehr, alternative Wege der Sozialisierung zu erschließen. Was sich in den letzten Tagen in Ansätzen entwickelt hat, ist eine organisch zustande gekommene digitale Kommunikationskultur; das ist ganz ohne Marketingabteilung entstanden, soll heißen: Niemand musste mir erklären, warum ich das jetzt brauche, ich habe diese digitale Infrastruktur tatsächlich benötigt. Sogar ich habe mittlerweile gelernt, ganz einfach blöde Videos anzuschauen, die meine Großmutter mir schickt und mich darüber zu freuen. Das ist etwas, das mir die Konzerne nicht verkaufen konnten, allein die Einschränkungen der letzten Tage lassen mich von meiner privilegierten Position Gebrauch machen. Es ging uns nie besser. Vielleicht merken es mehr Leute, vielleicht wussten es die meisten auch schon vorher, vielleicht sogar vor Frederic Jameson. Vielleicht, und da spricht der hartnäckige Skeptiker in mir, ist das auch nur eine Spätfolge des Optimismus, wenn manche jetzt denken, nun lasse sich etwas ändern, meinetwegen das System, was auch immer damit gemeint sein soll. Wenigstens die Pflegerlöhne oder die Arbeitszeiten von medizinischem Personal? An anderen Tagen hätte ich noch gehöhnt, das Popcorn stehe bereit.

Beim Weg vom Bäcker nach oben klingle ich bei der Nachbarin aus dem ersten Stock, sie hat noch immer das Päckchen. Auf dem Abholschein steht geschrieben, es sei 10.02 Uhr abgegeben worden; komisch, denke ich, kurz nach zehn war ich doch zu Hause, und vergesse dabei kurz, dass die Uhrzeit dabei schon einige Tage lang keine Rolle mehr spielt. Nach einer Minute frage ich mich, ob sie noch schläft, wäre ja legitim, schließlich haben wir Sonntag; hatte ich glatt vergessen, das macht die Gleichförmigkeit der letzten Tage. Vielleicht ist sie auch nicht zu Hause, ist verreist, oder – ach ja, schon wieder vergessen. Den halben Tag ertappe ich mich dabei, die aktuelle Lage auszublenden, vielleicht weil es mir fast egal ist, weil es meine täglichen Gewohnheiten prinzipiell, wie ich mir weiterhin einrede, ja kaum beeinträchtigt hat oder bin ich ganz einfach ignorant gegenüber allem, was da draußen so vor sich geht? Es gibt kein Thema, mit dem ich mich so intensiv beschäftige wie mit den direkten und indirekten Folgen der Pandemie, und doch scheint speziell im Alltag manchmal eine glückselige Dümmlichkeit über meinem Habitus zu schweben, ganz so, als sei die Zeit angehalten.

Dabei sind die Uhren heute Nacht sogar vorgestellt und uns eine kostbare Stunde Schlaf entzogen worden. Welch eine Ungerechtigkeit!, erinnere ich mich einige Mitarbeiter des Wachpersonals noch jammern. Ich arbeitete einige Jahre in einem Berliner Museum und erinnere mich oft gern an die Zeit zurück; vor allem, weil es dort kaum Besucher gab und ich so in Ruhe Bücher lesen konnte. Wenn mir doch mal langweilig wurde, vertrieb ich mir die Zeit erzählend mit dem Wachpersonal. Jedenfalls sah einer der angestellten Wachleute in dem paneuropäischen Beschluss, die Sommerzeit einzuführen, ein massenpsychologisches Komplott zur Manipulation und Gefügigmachung der Bevölkerung. Damals, es war die Zeit, als ich mir noch Mühe mit den Menschen gab, versuchte ich die Gründe für eine solche Meinung noch zu erschließen, hörte ich aufmerksam zu. Heute, wo die ersten Leute hinter dem Auftreten des Virus einen bioterroristischen Anschlag vermuten, habe ich keine Geduld mehr übrig für tautologische Idiotie. Hätten sie recht, wäre das schlimm, keine Frage. Momentan sind aber andere Sachen wichtiger, als darüber sich den Kopf zu zerkratzen.

Das Resümee der vergangenen Woche ist darum: Alles ist ein wenig merkwürdig geworden. Vielleicht sind es die Anpassungsschwierigkeiten, die man sehr deutlich spüren kann, wenn man sich die weiterhin vollen Parks von Berlin so anschaut. Die Ausgangssperre kommt vielleicht bald; da ist es klar, dass alle nochmal nach draußen gehen; und übrigens soll es ab nächster Woche nochmal kalt werden, man hat also gleich doppelt Grund, nochmal das Risiko einer Ansteckung einzugehen… Letztlich sind das Witze, denn wir alle wissen, dass wir, ob wir wollen oder nicht, raus müssen. Es gibt keine Alternative; zum Einkaufen, für den Gang zur Diabetologie, spätestens, wenn der Kasten Bier dann mal alle ist. Applaus, Applaus!, auf den Balkonen um neune abends, diesmal ganz bestimmt, beißt die Schlange sich den eigenen Schwanz ab.

Eigentlich hatte ich mich darauf gefreut, mehr Zeit für das Exerzieren meiner Muße zu reservieren, doch ich muss gestehen, jetzt, wo alle anfangen sich zu langweilen, bekomme ich jeden Tag mehr und mehr Meldungen von lange verschollenen Weggefährten, was mir zu denken gibt; es macht den Eremiten unbrauchbar, emeritiert ihn. Über die Nachrichten der anderen freue ich mich trotzdem täglich.

Der humorvolle Umgang mit ihr lässt die Quarantäne erst sanft werden, was unseren wahren Charakter bezeichnet, denke ich so, durch die vielen, vielen Videos klickend, die dem herannahenden Tod seinen Schrecken bereits jetzt zu nehmen versuchen. Auch die kulturellen Erzeugnisse sind systemrelevant, gerade in diesen Zeiten steigt ihre Zahl. Auch andere Zahlen steigen täglich, diese Wahrheit teilen wir uns genauso.

Ich versuche, die Kurven und Olympiastadien nicht mehr zu häufig zu füllen; vieles wirkt dadurch zu abstrakt, zu unwirklich. In ein paar Wochen werden wir vielleicht zehntausende Tote zu beklagen haben, aber es geht nicht zu sehr um den Tod und die Furcht vor ihm, denn er gehört zu uns und wir sollten uns mit ihm anfreunden. Er steht jeden Morgen hinter uns im Spiegel, lacht rabenfroh von den Bäumen, deren Äste derweil im leiernden Winde taumeln, vor meinem Fenster, vor allen Fenstern. Worum es mir also gerade geht? Darum, zu erkennen, wie weit wir voneinander abgetrieben sind. Wer das versäumt hat, sollte die Zeit so lange nutzen, sich zu erinnern. Das medizinische Personal und alle anderen Systemrelevanten sollten wir nicht vergessen, wenn im Sommer die Kinosäle, die Kneipen, die Eiscafés wiedereröffnen und uns ein bisschen später weißgemacht werden wird, die Privatisierung des Sozialsektors sei unvermeidlich... Ach was soll's, mit einem Seufzen entschließe ich mich, die Orakelsteine wieder hinzuschmeißen und gieße mir, anderthalb Teelöffel, genau, endlich meinen Bröselkaffee ein. Umrühren, Blick in die Schwärze.

Ansonsten, so der spontane Entschluss, ist für mich das Datum des 20.04. als einzige Zahl in meinem Kopf fixiert. Es ist nämlich schädlich, vor allem für jemanden mit mäßig ausgebildeten mathematischen Fertigkeiten, sich ständig mit Hochrechnungen und exponentiellem Wachstum zu beschäftigen. Die dafür herangezogenen Instrumente sollen auch nicht beruhigen, aber sie sorgen dafür, dass die Herde weiter zuhört, das kennt man ansonsten noch von der Börse: Schamanen in Stammeskleidung, die mystische Formeln von heraufziehenden Unwettern und einem perfekten Sturm faseln. Genug jetzt, alles wiedergekäut.

So drehen sich die Zeiger und die Gedanken im Kreis, vor und zurück auf dem Flur und am Fenster vorbei die Ringbahn; im Gleisbett ihr kreischendes Klagelied. Die Isolation bedeutet letztlich auch, dass ab und an Thematiken aus meiner Kon-serve kommen, aufgewärmt und serviert werden. Gedanken-fetzen auf den Fingerkuppen, angefangene Teller und kleinere Reste stapeln sich vor dem Becken für Grobes, aber einen gu-ten Eintopf lässt man schonmal ein paar Tage ziehen, bis er richtig schmeckt. Das ist das Zauberhafte dieser ersten andert-halb Wochen: Die Zeit geht an uns vorbei, wir stehen außer-halb ihrer, entwerfen unsere eigene und sind darum freier, als wir es bisher je waren. Schaut euch doch um.

Dritte Woche

31.03.2020

Wir schreiben den letzten Tag des ersten Monats nach dem Ausbruch. Das öffentliche Leben ist angehalten worden, die Bundesregierung erkauft sich noch zwanzig Tage, um zu entscheiden, wie viele Menschenleben zu opfern sie bereit ist. Man grübelt; frische Geister wären nötig, um die schweren mechanischen Hände zu leiten, die sterilen Gedanken zu lüften. In meiner Ostberliner Zelle unterdessen wiederhole ich, wie die meisten in diesen Tagen, dieselben Formeln, dieselben Wünsche an meine Lieben. Meine kybernetische Hand ist effizient und gefühllos dabei, korrigiert Fehler im Vorübergehen. Gähnend schal ist aber der Alltag für uns. Ein wenig Abwechslung würde allen Gefangenen guttun, doch selbst hier, in der Welthauptstadt der Zerstreuung, sind alle Unterhaltungsetablissements, wie überall in Europa, geschlossen; alle, sagen wir – – bis auf eines.

Mit Einsetzen der Dämmerung begann es zu schneien. Es war das erste Mal in diesem Winter, hätte ich schreiben können, doch seit einer Woche hatte, vom Vogelgezwitscher ja bereits angekündigt, der Frühling begonnen. Nun sorgten schwerfallende Flocken für ein vorübergehendes Verstummen der Vögel; ein Innehalten der Zeit stellte sich ein, die ansonsten durch die in den Straßen und Hinterhöfen Ostberlins klingenden Meistersänger fortgetragen wurde. Die fallenden Temperaturen brachten das Leben, so schien es, nun gänzlich auf den Nullpunkt. Was immer auf einen solchen folgen musste, war aus genügend Erfahrung bereits gesichert.
Ich folgte darum den verstohlenen Wegen meiner abgekochten Gedanken, wagte mich hinaus und fand die Straßen von klirrender Leere, still. Mich trieb nichts als mein Verlangen nach Abwechslung und so irrte ich in den Gassen der mir sonst so

vertrauten Straßen und fand sie ohne Menschen recht feierlich getragen. Nach einer langen Weile traf ich, mit gewissenhafter Distanz, auf zwei nächtliche Schatten, die dabei waren, sich auf die Sohlen zu treten, und gemütlichen Schrittes folgte ich ihnen. War es der Sensation wegen, die meine von der Eintönigkeit geschärfte Neugier in mir auszulösen pflegte oder der eigenartig beruhigende Klang ihrer Stimmen, der in meinem Gehör viel länger nachzuhallen schien als gewöhnlich?; sei es, wie es war, mit einiger Wonne stellte ich den beiden nach, stets dieselbe Entfernung wahrend, so dass sie sich auch nicht an mir hätten stören können, geschweigedenn mich bemerken sollen. Vielleicht dauerte es nicht einmal lang, bis ich sie in eine Gasse irgendwo zwischen Lenbachstraße und Grünberger abbiegen sah und ihre Stimmen hinter dem Verschlussgeräusch des Tores zum Hinterhof verstummten. Schon war das Detektivspiel zu Ende, dachte ich kurzerhand und unter herkömmlichen Umständen hätte man es auch dabei belassen, war es ja bereits merkwürdig genug, den beiden überhaupt zu folgen. Doch es musste wohl, wie mir jetzt scheint, dem außergewöhnlichen Sachverhalt der vergangenen Wochen zuzuschreiben gewesen sein, der mich auch den nächsten Schritt hat gehen lassen, und so überquerte ich die Straße, öffnete das Portal abermals und wusste augenblicklich, wohin mich diese Verkettung an Ereignissen führte.

Ja, man hatte mich gewarnt. Bisher war ich allerdings der Meinung, das alles sei ironisch gemeint gewesen; immer wenn man mir davon berichtete, dachte ich noch, es sei höchstens der gelangweilten Feder eines mittelmäßigen Schreiberlings entsprungen, doch, sehet da, meine Damen und Herren!, in einer Gasse in Ostberlin, links gegenüber der roten Leuchtreklame vom Magischen Theater, fand ich das Café Größenwahn wiedereröffnet.

Innen tobte das Leben in ersticktem Gelächter. Schnellen Schrittes kam eine Frau, die ich für die Bedienung hielt, auf mich zu, musterte mich, ihre Augenbrauen erhoben. Mit dem Zeigefinger auf den Lippen reichte sie mir ein Whiskeyglas voll Wasser mitsamt einer roten Kapsel, die ich mechanisch choreografiert einzunehmen verstand, und verwies mich an einen kleinen runden Tisch mit eingelassenem Schachbrett aus Marmor, von wo die beiden, die schon an ihm saßen, mir zunickten. Der Laden, gefüllt vom Geräusch der klirrenden Gläser, dem komplizenhaften Gemurmel seiner Insassen und dem allgemeinen Wunsch nach menschlichem Lärm, hielt meine Verwunderung sanft im Arm; aus einer Ecke des Cafés ertönte leise auf einem Schallplattenspieler etwas von Dury Dava, den Raum in Schieflage tauchend. Meine Tischnachbarn, die Schatten von gerade eben, grinsend, meinten, sie hätten sich schon gedacht, ich wäre, ebenso wie sie, auf dem Weg hierher gewesen. Verständlicherweise war es mir nicht allein darum peinlich, entdeckt worden zu sein; verständlicher noch, das Grinsen zu erwidern und die Miene zu bewahren. Ja, genau, Distanz gewahrt, man habe eben nur die Tarnung nicht auffliegen lassen wollen, wo ein jeder offiziell doch angehalten sei, draußen sich höchstens zu zweit aufzuhalten. Die Bedienung mit den eiskalten Augen unterbrach sodann das Spiel, um mich Ratlosen zu fragen, was es denn nun sein dürfe; sie halte den Realschultrakl und den Fünfhebigen Jambus für besonders empfehlenswert; mich verlangte aber schon nach Stärkerem, woraufhin ich mich dazu entschloss, für uns alle einen doppelten Diogenes zu bestellen, da ich mir einredete, Körper und Geschmack des Fasses herausschmecken zu können und weil mir süßer Wein nur wieder Sodbrennen bereiten würde. Die Kellnerin nahm die Bestellung auf, und so prostete ich den zwei Immergrinsenden bald darauf zu.

Der eine von ihnen, der sich Bendler nannte, erzählte mir, der Mensch sei inwendig unendlich, und dass er darum auch unendlich leer sei; einfache Mathematik, ich wüsste Bescheid. Leider bin ich alles andere als ein Mathematiker, versuchte jedoch seinen Ausführungen zu folgen. Er erklärte, jetzt, da auch draußen alles aufhörte sich zu bewegen und zur Ruhe käme, wären die Leute drinnen natürlich verwirrt. Noch gestern sei ihnen eingeredet worden, aktiv zu sein, ein hybrides Fahrzeug sich zu kaufen, sich auf Kreuzfahrten zu begeben und so weiter und heute spräche plötzlich kein Mensch mehr davon.

Dem pflichtete der Herr Doktor Rieux zu meiner Linken bei und fügte, schulterzuckend, hinzu, in seiner Zeit habe es einen ähnlichen Fall in Oran gegeben, schlimmer eigentlich, hielt sodann inne und suchte scheinbar etwas in seinem Glas, das er umklammert hielt. Wir alle seien Gefangene unserer sterilen Erinnerungen, raunte Bendler, einen weiteren Drink verlangend. Die mitunter auf solche Situationen folgende punktierte Stille nutzte Bendler, um seine Arme über dem Großteil des kleinen Schachbretts zu verschränken, was gleichzeitig seine Stimme senken und seine Eindrücklichkeit steigern half. Und so war er es auch, der zuerst wieder das Wort ergriff, während seine Augen auf Rieux ruhten, welcher in der Zwischenzeit vom Tisch abzudriften schien. Wissen Sie, sprach er und meinte mich, haben Sie einmal von dem kuriosen Fall des Vizekönigs Sardiniens gehört, der im Jahre 1720 einem Schiff die Einfahrt in den Hafen Cagliaris untersagte? Es sei Ihnen entschuldigt. Erlauben Sie mir aber das Ganze ein wenig auszubreiten.

Jener Vizekönig hätte nämlich in der Nacht zuvor davon geträumt, dass großes Unheil über sein Reich hereinbräche, sollte am Folgetag dem dreizehnten Schiff Einlauf in den Hafen Cagliaris gewährt werden. Grausamst vom Buckel seines Nachtmahrs geschüttelt, habe er noch vor Öffnung des Hafens alle erforderlichen Maßnahmen ergriffen. Es fällt nicht schwer, sich auszumalen, wie dieser Mann von seinen Bediensteten für zumindest geistig umnachtet gehalten werden musste! Doch der Tag brach an und dem dreizehnten Schiff wurde eben die Einfahrt in den Hafen untersagt. Man bemühte sich vermutlich seitens der Besatzung noch um eine Ausnahme, so genau ist es nicht dokumentiert, aber natürlich ohne Erfolg, denn am Gewicht eines Königsworts gab es nichts zu rütteln. Ihnen blieb kaum etwas anderes übrig, als umzukehren und den nächstbesten Hafen anzusteuern, und, nun ja, das war dann Marseille.

Das allein sei mal der Zweckmäßigkeit geschuldet, doch stellen Sie sich vor, jetzt koinzidierte das Einlaufen besagten Schiffes mit dem Ausbruch einer fürchterlichen Pestepidemie zu Marseille, welcher gut ein Drittel der Bevölkerung zum Opfer fiel. Manche Historiker sprechen von mehr als der Hälfte... Was glauben Sie, haben die Bewohner Cagliaris wohl von ihrem Herrscher gehalten, nachdem man sie darüber unterrichtete? Fantastisch, nicht? Wenn Sie weiter zurückblicken, werden ihnen noch mehr dieser Dinge begegnen. Die Antike und das Mittelalter sind voll von solchen Geschichtchen; merkwürdigste Ereignisse, die die großen Seuchenausbrüche begleiteten. Selbstverständlich wird sich keiner wagen, hier von Kausalität zu sprechen, doch wie schnell sich der Mythos um ein Ereignis schlängelt, besser: wie unweigerlich er dazuzugehören scheint, sobald es ein gewisses Ausmaß erreicht, ist schon erstaunlich, finden Sie nicht?

Später, müssen Sie wissen, für die Avantgarden, war die Pest mehr ein psychisches Gebilde, ein spirituelles Böses. Antonin Artaud zum Beispiel hielt in den Dreißigern mehrere Vorträge darüber. Für ihn standen die Pest und das Theater in engem Zusammenhang; der Pestkranke sei, wie er meinte, mit dem Schauspieler auf der Bühne vergleichbar, da das Spiel, wie auch die Pest, eine Epidemie sei. Verstehen Sie?, das Delirium der Pest ist dem des Lebens, das sich auf der Bühne abspielt und sich durch die Sensibilität des Zuschauers entlädt, sehr ähnlich.

Während Bendler sichtliches Vergnügen am Entfalten seiner Anekdote empfand, wanderte mein Blick häufiger zu Rieux, den das alles scheinbar nichts anging. Meiner Vermutung nach mussten die beiden dieses Gespräch schon einmal geführt haben. Doch die momentane Situation mit der Pest zu vergleichen, schien mir beinahe absurd. Finden Sie nicht, Herr Bendler, entgegnete ich also, dass die Pest und das Coronavirus zwei völlig verschiedene Dinge sind? Verstehen Sie mich nicht falsch, gewiss gibt es da Gemeinsamkeiten, vor allem was die Ansteckbarkeit betrifft und so weiter. Was ich meine ist, dass die Pest doch viel gefährlicher ist, und was genau meinen Sie mit den Mythen und der Sinnlichkeit des Zuschauers? Als hätte er mit meiner Reaktion gerechnet, saßen Bendlers Bewegungen wie geprobt: Er richtete sich auf, faltete seine Stirn und fixierte mich. Ich müsse lernen, „das" jetzt global zu sehen, entschied er. Seine Unterarme ruhten ausgebreitet auf dem Schachbrett. Hier, in unserer Konserve, gehe es letztlich um eine Kos-ten-rech-nung und der Anspruch auf ganzheitliche medizinische Versorgung wäre bald schon nichts weiter mehr als ein nobler Wunsch. Es würden dann Stimmen sich erheben, fügte er, noch leiser als zuvor, hinzu, die ins Gespräch brächten, ob der Staat verantwortlich für die teuren Kosten sein könne. Welche Zukunft sei für unseren alten Kontinent schon alternativ? Und auf jüngeren, was würde dort geschehen? Was wisse ich schon über den Tod...

Da ich zweifelsohne nicht mehr in der Lage war, ihm zu folgen, erhielt er keine Antwort von mir. Wir nippten an unseren Schnäpsen. Die wiederholten, einstudierten Mechanismen, das abgestandene Leben, kam es auf einmal lallend seitens

Rieux: Sie, bloß, würden wir kennen, sie abschreiben und aufs Neue kopieren, in dem Versuch, ihren toten Phrasen ein Zeichen unserer komplizierten Leben zu geben.

Da haben wir es doch!, entfuhr es mir viel zu laut, woraufhin das Gemurmel im Café für einen Augenblick erfror und erst an meinem glühenden Kopf abtaute. Es stimmte, die Polizei war in der Nachbarschaft auf Streife, es war normal, sich darum zu sorgen. Fast flüsternd setzte ich nach: Wir kennen den Tod noch nicht, das stimmt vielleicht, doch was wir kennen, sind seine Spuren in unserem Leben und letztlich ist er doch ein geduldiger Zeitgenosse, der geduldigste von allen, nicht wahr?; Rieux klopfte als Antwort auf meine Schulter und auch Bendlers geschlossene Augen grinsten wieder tonlos.

Wir stießen noch einige Male danach an, auf das Leben, auf den Tod, ich weiß nicht genau, wie oft noch, und riefen uns Floskeln zu, die ich nicht erinnere. Der Raum stand aber spätestens nach dem dritten Diogenes schon auf holländischer Kippe und auch meine Tischgesellen konnten mittlerweile eine Zigarette vertragen. Man wird es sich gedacht haben und es kam, wie es kommen musste: Einmal an der frischen Luft, übergab Rieux sich auf den Bordstein, am ganzen Leibe zitternd, wobei ich nicht sicher sein konnte, ob durch den verspäteten Winter oder durch spontanes Fieber ausgelöst. Bendler gab mir einen Wink, diese Nacht ginge auf ihn, ich solle mich losmachen. Mach's gut. Dankbar nickte ich und wusste, es hätte keinen Sinn ergeben, mit ihm über die Rechnung zu diskutieren, bestand aber noch darauf, ihm wenigstens eine Zigarette zu entzünden; draußen, derweil, war es eiskalt und unendlich leer.

Den Weg zurück zum Ostkreuz ertaumelte ich, wie ein Tourist im Hawaiihemd, in glücklicher Verwirrung und ohne die Hoffnung, einen Ort wie diesen je wieder zu finden, und so kam ich nüchternwerdenden Schrittes in aller Früh wieder nach Hause und allein die Spatzen und Kohlmeisen bezeugten meine Wiederkehr. Niemand, so schien es, hatte bemerken können, dass ich fortgewesen bin. Selbstverständlich werde ich mich auch jetzt hüten, den genauen Ort anzugeben, an dem ich mich befand; es ist riskant genug, überhaupt davon zu berichten. Darum sei's mir auch verziehen, diese dem Zufall entsprungene Erfahrung ein offenes Geheimnis bleiben zu lassen.

02.04.2020

Machen wir uns nichts vor, es passiert jeden Tag derselbe Kram. Mit zunehmender Zeit in der Kontaktlosigkeit verstellt sich, so scheint es, mein Wecker immer weiter im Uhrzeigersinn. Dazu drückt stets die lange Weile nach dem Aufwachen in den Augen, auf dem Weg ins Badezimmer, durch den vertrauten Flur, am Spiegel vorbei; der Griff zur Vitaminkapsel, die erste Blisterpackung ist demnächst aufgebraucht. Danach vergleiche ich mich im Spiegel mit dem Kaktus, der auf meinem Schreibtisch vor sich hin trocknet, und lasse, nach der Strukturhygiene, in der Küche den Wasserkocher röcheln, überlege noch, auf dem Weg zum Bäcker, ob ich vielleicht am Ende dieselben Geräusche von mir geben werde, wenn ich dann eins der tausend Notbetten auf dem Messegelände belegen werde. Es heißt, in drei Wochen stehe die Notklinik, aber machen wir uns nichts vor, Berlin hat eine lange Geschichte mit Bauvorhaben.

Die Plexiglasscheibe tänzelt gekonnt zwischen mir und der Verkäuferin im Süß, taumelt an Stahlseilen, hin und her, den lieben langen Tag, immer wenn die Tür sich öffnet oder schließt. Ein freischwebendes Mobilé, denke ich so und frage mich, ob und wann die Seuchenkunst wohl in Mode kommen wird. Nachdem ich ein paar Worte mit der Frau hinter der Scheibe gewechselt habe, bezahle ich und mache mich auf den Weg zurück. Im Hinterhof treffe ich die Tochter einer meiner Nachbarinnen; sie steht ganz still, beobachtet die über unseren Köpfen vorbeirauschende Ringbahn. Ob sie wohl auch ein bisschen Luft schnappen wolle? Ja, mit der Katze, sagt sie und deutet auf das Tier, das mit großem Interesse den Vöglein beim Nestbau zusieht. Ach, stimmt, da hatte ich noch gar nicht dran gedacht, die Leute haben ja auch Haustiere. Der Verkauf von Futter ist der vorrangige Grund, weshalb Baumärkte nicht schließen mussten. Ob sich die Tiere jetzt wohl eingesperrt fühlen? Kommt vermutlich auf den Charakter an; der Typ über mir zerrt seinen röchelnden Mops ja auch immer die Treppen runter und wieder hoch, so dass ich oft schon dachte, er hätte gar keinen Hund, sondern einen Drachen an der Leine. Liegt's am Widerwillen oder an der Überzüchtung? Fragen über Fragen.

Im zweiten Stock steht die Wohnungstüre offen, wodurch die ganze Etage so schön nach frischer Wäsche riecht. Ansonsten nehme ich häufig die Stufen doppelt, seit neuestem habe ich aber kein Interesse mehr daran, mich zu beeilen. Lieber genieße ich schnuppernd, träume ein bisschen, vielleicht zu viel, denke ich so, weil oben doch schon der Wasserkocher keuchend auf mich wartet, also trete ich wieder fester auf.

Noch ein halbes Gähnen im Auge, rühre ich in der Küche dann die Brösel ins kochende Wasser, setze mich in Zeitlupe an den Schreibtisch und stelle mir die nun essenziell gewordenen Fragen, regiere, um es mit dem Castorpschen Bonmot einmal recht frei und plastisch auszudrücken; Fragen, für die eine vorangegangene Stauchung der Zeit die Voraussetzung gewesen sein musste. Was bellt da wohl so laut? Der Mops kann es nicht gewesen sein, der ist sonst auch immer sparsam mit seiner Luft. Stimmt, es gibt noch den Spitz der Frau unter mir, die immer so lieb grüßt. Ihr Hund ist nur sehr nervös, das merkt man meistens bei der Heimkehr nach Irrungen, des Nächtens. Bei genauerem Hinhören merke ich dann: Der kann es auch nicht sein, es klingt zu tief. Soll also ein weiterer Nachbar sich in diesen elenden Zeiten einer armen Seele angenommen haben oder ist gar ein Tier zur Pflege da, weil sein Besitzer erkrankt ist?, möglich wär's.

Es sind Fragen, die meine Welt im Innersten zusammenhalten, in diesen Tagen; wenn er Zeit hat, beginnt eben so manch einer zu grübeln. Hätte ich die paar Groschen Restgeld nicht doch einfach liegen lassen sollen? Was ist jetzt mit diesen Corona-bonds, warum schmettert ausgerechnet Deutschland sie kategorisch ab, wo doch unser Finanzministerium das Architektenbüro der wirtschaftlichen Krise ist, die sich beizeiten noch verschärfen wird? Ich weiß, alles unzulässige Verallgemeinerungen; schade, ich hätte so gern einmal eifrig mitdiskutieren wollen.

Der Hund im Hausflur bellt jetzt lauter. Er gibt sich Mühe, mit den tobenden Kindern im Hinterhof des Nachbarhauses mitzuhalten; sie dürfen endlich wieder raus, hüpfen auf einem Trampolin und spielen Fangen, kreischend schrill. Mit meiner Tasse in der Hand stelle ich mich auf den Balkon und beobachte sie eine kurze Weile. Von ihnen sollte ich lernen, sie sind völlig immun gegen den ganzen Lärm, der da draußen herrscht, auch wenn Cafés und Bars schon lang geschlossen sind und die Lieferketten so langsam beginnen, einzubrechen, machen sie sich nichts draus, so scheint es. Sie suchen das nächste Abenteuer; ich lehne an der Brüstung, erinnere mich an eigene, weit zurückliegende. Zum Wochenende soll es bald an die zwanzig Grad geben; ich frage mich, was die Leute dann von den Empfehlungen so halten werden.

Später am Tag ist mir langweilig und darum komme ich wieder auf Ideen. Ich bringe den Müll runter; nicht unbedingt, weil ich Lust darauf habe, aber vielleicht, so denke ich mir, begegne ich nochmal jemandem. Leider finde ich alle Türen geschlossen und es riecht auch nicht mehr nach Waschpulver, nicht mal nach etwas zu essen. Alles für die Tonne und auf dem Weg nach oben fällt mir noch etwas ein, nämlich dass meine Nachbarin diese Sendung von mir angenommen hat. Mir war das schon halb entfallen, aber am Sonntag hatte sie mir ja nicht geöffnet. Also klingele ich doch mal.

Diesmal habe ich Glück, sie öffnet mir die Tür, ich trete einen Sicherheitsschritt zurück und erinnere sie an das Päckchen. Sie nickt wortlos, schließt die Tür, um sie kurz darauf wieder zu öffnen und wir wickeln die Übergabe brav, wie zwei Playmobilfiguren, ab. Anschließend versichere ich ihr, am entsprechenden Tag zu Hause gewesen zu sein, woraufhin sie zu mir meint, sie sei daran gewöhnt. Postboten hätten es nicht leicht, in Zeiten von Onlinehandel; grundsätzlich würden alle Sendungen bei ihr abgeladen, auch schon vor Corona. Daraufhin bedanke ich mich mit Knicks und wir verabschieden uns voneinander.

Oben ticken die Uhren wieder ein wenig langsamer als sonst, sorgen dafür, dass ich nachsehe, ob das Licht im Kühlschrank noch angeht und, siehe da, es geht. Mein Blick fällt daraufhin erstaunlich schwer auf die Flasche Sternquell, die ja immer noch auf das Ende meines Hiatus wartet. Aus irgendeinem Grund tat sie mir leid; sie stand da seit Wochen, allein, in der Kälte, dabei ist sie sonst so gesellig. Merkwürdige Zeiten, in denen man die Nähe einer Bierflasche sucht. Die Folgen des Kontaktverbots sind vielfältig, schließe ich und das Licht geht daraufhin wieder aus.

Da ist es wieder, dieses Brodeln unter der Oberfläche, es wächst leise und unkontrollierbar, wie die nadelartigen Spitzen aus meinem Gesicht. Man kann sie nicht beherrschen, nur vertuschen, dass es sie gibt. Bin ich Kaktus oder bin ich Maschine?
Ein Röcheln, ein Zischen, sprudelnd kocht etwas im Inneren. Ich gieße mir die zweite Tasse Kaffee des Tages ein und überlege mir, wann ich es endlich dazu bringen werde, mich hinzusetzen und diese paar Zeilen, die ich aus der Monotonie meines sterilen Alltags herauskratzen muss, hinzuklecksen. Die schiere Endlosigkeit bewegt sich vor mir her, lässt mich

außerhalb meiner Zeit stunden; das Unheimliche daran: Nie ist sie an einer anderen Stelle gewesen.

Mehrmals am Tag überprüfe ich das Datum, denke an die Worte Rieux'. Allein der Gedanke daran, unfähig zu sein, nicht den Ausdruck finden zu können, der unseren abgekochten Leben hinter der Scheibe etwas von der anderen Seite hinzuzufügen vermag, ist gefährlich; er allein kann genügen, dieses Unternehmen an sein Ende zu bringen. Durchhalten ist eine Frage der Gewohnheit, das ist ein Erfahrungswert, an dem ich mich gern orientiere, in diesen Tagen. Der Rest schreibt sich, wie man so schön sagt, fast von selbst. In zweieinhalb Wochen sei der Spuk vorbei, heißt es noch. Die Notfallklinik stehe dann nur noch eine halbe Woche vor ihrer Fertigstellung. Was danach kommt, ist der Fantasie überlassen; letztendlich ahnt so manch einer bereits, dass vielleicht der ganze Sommer sich im Hinterhof auf einem Trampolin abspielen wird. Auf und ab wird es gehen, durchs Treppenhaus, wie auf der Kurve; durch den Gang, hin und her, auf dem braunen Teppich in der Robert-Koch-Straße, im Traum, dem erinnerten.

04.04.2020

Die weiße Schlange dreht und dreht sich, sie jagt ihr Ende und kann, denn irgendetwas scheint sie zu steuern, nicht damit aufhören. Dann, ganz plötzlich, verschwindet sie im Nichts – –. Er ist einer der großen deutschen Abenteurer, und ein Überlebenskünstler dazu. Er hat mit Riesenschlangen in den Dschungeln Afrikas und Südamerikas gekämpft. Ungezählte Male war er in Lebensgefahr. Doch Abenteuer gibt's bei ihm nicht nur in Wüsten und Wildnis, Abenteuer, die sind, mit Fantasie und Mut, auch im zivilisierten Deutschland noch zu haben. Er kann nicht leben ohne Abenteuer, dieser Rüdiger Nehberg. Diesmal sucht er das Abenteuer mitten in Deutschland, mitten in der Zivilisation. In dieser glitzernden Konsumwelt, in der für Geld alles zu haben ist, in der Überleben nicht schwierig scheint – –.

Es verlangt mich heute nach Betätigung, daher der erste Beschluss, einige staubbehaftete Gegenstände einzuwecken. Den Keller habe ich schon jahrelang nicht mehr gesehen noch weniger einen Grund hinunterzugehen, darum soll eines zum anderen führen. Der Karton, der im Flur steht, die Verpackung für mein Päckchen von vorgestern, kommt mir gerade recht dafür. Ich setze mich vor das Regal mit den Musikalben, nehme einen Stapel heraus und finde, dass ich die Dinger schon eine ganze Weile nicht mehr angehört habe. Tatsächlich, so merke ich gerade, könnte ich sie nicht einmal mehr benutzen, seitdem ich kein Laufwerk mehr dafür besitze; den Rechner habe ich schon vor zwei Jahren ersetzt. Nichts als Dekoration, schätze ich, also weg damit. Warum mir das nicht früher aufgefallen ist? Alles war vorher schon digitalisiert, das sei bequemer, hat man mir gesagt, dabei fand ich das Auflegen von Tonträgern doch immer so schön. Die vier Alben, die man in Rotation hörte und die Geräusche, die dabei entstanden sind. Dem Charme eines Plattenspielers steht es ja auch lange

schon nicht mehr nach, seitdem Vinylhören zum Erkennungs-
merkmal einer kleinbürgerlichen Lebensform geworden ist.
Abstand halten ist das oberste Gebot; richtig, man tut, was
man kann, Herr Wieler.

Schnell bemerke ich, dass ein Päckchen nicht reichen wird.
Für solche Fälle habe ich, in weiser Voraussicht, man kennt's,
mehrere Kartons bereit, eigentlich für den Versand von Ge-
schenken und dergleichen gedacht, doch die eigenen Bestände
würden in den folgenden Wochen mit großer Wahrscheinlich-
keit sich bald wieder befüllen. Stefan Schulz nannte es erst
kürzlich die Coronadividende von großen Onlinehändlern. Jedenfalls entkleide ich meine Kartonmatreshka, befülle ihren
Korpus gemütlich mit den Musikalben meiner Schulzeit und
obenauf liegt, wer sonst, Bill Withers. Muss der wirklich auch
in den Keller?, hilft ja nichts, sage ich mir, welchen Sinn hätte
es schon, seine Gefühle an Gegenstände zu knüpfen? Zum Abschied öffne ich trotzdem alle Fenster, lege sein Livealbum auf
und beschalle meinen sogenannten Kiez.

Dann fällt mir ein, dass ich die Musik ja eigentlich über die
alte Spielekonsole anhören könnte. Irgendwann, das kann bald
fünfzehn Jahre her sein, wollten ein paar Freunde und ich mal
Musik mit der Playstation produzieren, nur die Ohren waren
schon immer zu verwöhnt, die Hände überdies zu träge. Packe
ich das Gerät endlich ein?, vielleicht schaffe ich die Röhre
gleich mit runter, mal sehen, eingeschaltet wird das Ding sowieso nur zweimal im Jahr, zum Mariokartspielen. Das macht
allein aber keinen Spaß und wer weiß, wie lange ich niemanden hierher einladen werde können. Mach ich's, lass ich's
bleiben?, ich bin mir, wie so oft, noch unsicher, doch falle
nicht auf die Verlockung einer einsetzenden Grübelei herein;
das Stück Plastik landet sanft im Karton. Meine Päckchen

schnüre ich sorgfältig zusammen, beschrifte sie mit einem Filzstift, baue ein Türmchen daraus und trage es fort.

– – Er hat als erster den Blauen Nil befahren, er hat die lebensfeindliche Salzwüste von Danakil in Äthiopien durchquert. Die Begegnung mit dem Indianervolk der Yanomami im Urwald von Brasilien hat sein Leben verändert. Für sie hat er mit einem Tretboot den Atlantik überquert – allein – –.

Um in den Keller zu kommen, schließe ich ein schweres Portal in weißlackierter Holzverkleidung auf, betätige den grauen Lichtschalter, und ein paar 100 Watt Glühbirnen entzünden sich den Hauptflur entlang, von dem, in regelmäßigen Abständen, mehrere schwarze Gänge abgehen. Es ist sehr kühl hier und ich erinnere mich, dass ich zum Einzug damals, während des Sommers, sehr erleichtert gewesen bin, einzutreten; obwohl die Luft unheimlich feucht ist und nach Trockenzement schmeckt und ich das Gefühl nicht loswerde, bei jedem Atemzug meine Lunge mit Schimmel zu tapezieren, genieße ich auch jetzt die eigenartige Stille, die diese Altbaukatakomben ausstrahlen. Der Boden ist uneben, nur vereinzelt ragen zementierte Platten aus dem Sand; an den Rändern, wo sonst noch Rattenfallen Platz hatten, hängen jetzt weiße Brösel aus Mörtel in den Spinnennetzen der Vergangenheit. Aus der kleinen Glühbirne auf dem Taster vor dem dritten Seitengang wachsen, so scheint es, nadelartige Spitzen. Während ich ihn mit meinem Finger betätige, surrt dasselbe Geräusch, das ich höre, wenn ich jemandem die Tür öffne, nur viel leiser, entfernter. Da fällt mir ein, dass ich noch etwas vergessen habe, stelle darum das Kartontürmchen ab und zeichne eine Kurve auf der Treppenskala.

Es ist nämlich so, dass ich ohne Schraubenzieher nicht in meinen Keller komme. Das Schloss vom Vormieter hängt noch dran, was mir freundlich überlassen wurde; es gab auch mal einen Schlüssel dafür, gesehen habe ich ihn jedenfalls. Ich weiß noch, wie ich ihn in meine Hosentasche gesteckt habe. Leider weiß ich nicht, was danach mit ihm passiert ist, wo er hinkam, ich verlor ihn noch am selben Tag. Seitdem öffne ich meine Kellertür, indem ich sie aus den Angeln hebe; nur dafür benötigt es eines Werkzeugs. Ich greife mir den Dreher, hüpfe wieder hinunter und bekomme, endlich, die Tür auf.

Es gibt Bilder aus New York, die mich in den letzten Tagen erreichen, Bilder aus den überfüllten Leichenkellern von Bestattungsunternehmen, an die ich denken muss. Ein Mitarbeiter steht händeringend vor der Kamera, appelliert an seine Regierung, an seinen Präsidenten, ihm zu helfen, anderen zu helfen. Wenigstens mit den Toten, wenn schon nicht mit den Lebenden, solle würdevoll umgegangen werden.
Mein Keller ist winzig, einen Sarg müsste man hier aufrecht hinstellen, oder sie hängen mich an einen Kleiderbügel, denke ich so, wenn dann einmal der Platz nicht mehr reicht. In der Ecke, hinter den schweren Kartons voll Geschirr, ist bereits ein Pappturm aufgebaut. Mit einem Satz werfe ich meine Ausrangierten obenauf. Würdevoll... ob sich wohl der Anspruch darauf oder der Begriff selbst zuerst verändern wird, frage ich mich so, während ich die Schrauben fester drehe. Allein bei dem Bestatter aus dem Video seien es mehr als dreimal so viel Tote wie sonst üblich. Die Körper würden nur so angeschwemmt, man lagert sie darum in Kühlcontainern zwischen – – nun gut, das soll es gewesen sein. Noch einmal genieße ich das Surren vom Stromkasten her, lasse den Taster sogar ein bisschen länger als nötig gedrückt, dann schlurfe ich wieder in mein Einweckglas zurück.

Der Tod, so sagte Nehberg mal einem Reporter, sei die einzige Gerechtigkeit im Leben. Jeden erreiche er, ob Pflanze, Tier, die Armen oder die Reichen. Damals wurde seine Aussage dem Publikum wohl als anrührender Vergleich verkauft. Ein warmherziger Umgang mit dem Tod macht sich besonders gut in Zeiten, in denen man von ihm keine Ahnung hat. Dabei ist gerade jetzt, wie ich glaube, der Punkt gekommen, an dem wir uns an ihn gewöhnen sollten, denn er wird uns so schnell nicht loslassen. Damit meine ich, dass auch der Anspruch auf volle medizinische Versorgung eines jeden bis zum Ende als Träumerei sich entpuppen wird. Dieses Spiel ist dann vorbei und ja, der Tod mag eine Gnade sein, eine Gerechtigkeit, doch bis zuletzt werden die weltlichen Unterschiede gelten.

Den Blauen Nil als Erster zu befahren, das war Anfang der Siebziger. Letztes Jahr verlieh man ihm die Blaue Zunge und vorgestern, dann, ist er an sein letztes Ziel gelangt, er starb. Als Kind, so seine jüngere Schwester, fürchtete er sich panisch davor, in den Keller zu gehen. Immerzu habe er um ihre Begleitung gebeten. Wer wusste schon, was dort in der Tiefe lauerte? Vielleicht war es diese Angst, die ihn gemacht hat, die ihn hat rausgehen lassen, die ihn sein Leben hat bestehen lassen. Es ist eine schöne Idee, eine, die das innere Tretboot antreibt, wenn die See ansonsten tobt.

Vierte Woche

Der Korridor wird von den Wänden bis zum Linoleumboden zerschnitten, zerteilt von den schief geworfenen Schatten der feingliedrigen Fensterstreben; freischwebend steht der Staub im Haus, reflektiert verlebte Zeit, erzählt mit jeder seiner Verwirbelungen etwas Neues, Unbeobachtetes, eingefangen in den Maschen eines zwielichtigen Fischers, wie es scheint. Ein andauernder, sich ständig wiederholender Prozess ist am Werk, bis die Morgensonne über den blättrigen Lack des Holzgeländers hinüber auf die Winterquartiere der Blumenkästen und Topfpflanzen gekrochen ist, langsam, und endlich den bordeauxfarbenen Bodenbelag des Treppenhauses am Ostkreuz wärmt.

Im Badezimmer drücke ich die letzte Kapsel aus der Blisterpackung und kratze anschließend zwei halbe Löffel Bröselkaffee aus dem Glas. Der Wasserkocher röchelt mir schon ein Requiem, doch so mühsam finde ich es gar nicht, einkaufen gehen zu müssen, zumindest hinterher; vorher wirken die sich auszudenkenden Strapazen und Ringkämpfe um die letzte Zellstoffrolle so lebendig, dass die lange Bank sich schon fast von selbst drückt.

In der Zwischenzeit, seit meinem letzten Einkauf hat sich die Supermarktlandschaft wieder erholt, sind Krater und Einschläge, in den Regalen von Frischware bis Konserven, wieder befüllt und neu bepflanzt worden. Am Eingang steht jetzt, das ist neu, eine Säule für kontaktloses Desinfizieren der Hände. Meine neugierigen Finger werden daraufhin vom kalten Niesen des Automaten benetzt; Hygiene fürs Gefühl also, aber immerhin, denke ich mir und ziehe anschließend einen der Rollwägen aus dem Stapel. Während ich mich so durch die Obst- und Gemüseabteilung stöbere, bemerke ich gar nichts vom angeblichen Kriegszustand, der seitens einiger in regelmäßigen Abständen beschworen wird. Die letzten Tage haben insgesamt zur einsetzenden Normalisierung der aktuellen Situation geführt, so dass ich mich immer mal wieder dabei ertappe, wie mein Warenkontaktverhalten in naive vorpandemische Formen zurückfällt. Der Reiz des Neuen scheint dahingeschwunden, wenn es um die Krise geht; noch immer lassen neue Folgen auf sich warten, denn die Bundesregierung will sich nicht auf ein Ausstiegsdatum festlegen, was an sich löblich ist, die Geduldsspannen digitaler Restbilder aber zunehmend strapaziert. Wo bleibt der Cliffhanger? Wo Olympia? Absetzen, neu!, Corona muss weg, und so weiter.

Apropos offenes Ende, am Freitag hatte ich den Termin in der Diabetologenpraxis von gegenüber. Nachdem ich dort für eine kurze Weile mit jeweils zwei Metern Abstand zum nächsten Patienten wartete, hat es einmal leicht gepiekst und die freundliche Ärztin riet mir in Verbindung mit der Frage, wann ich denn das letzte Mal mich gegen Tetanus, Diphtherie und Polio habe impfen lassen, durch eine Dosis meine Abwehrkräfte zu aktivieren. Da ich mich ernsthaft nicht an meine letzte Impfung erinnern konnte, hat es dann gleich noch einmal leicht gepiekst und ich bekam einen guten Druck Repevax in den Oberarm. Meine Vermutung vom letzten Mal bestätigt sich gewissermaßen, auch wenn sie aktualisiert werden muss: Man kommt nicht aus einer Diabetologie heraus, ohne eine Nadel in den Körper gesteckt bekommen zu haben. Meine Blutergebnisse könne ich am Montag in der Praxis abholen, hieß es im Anschluss, weshalb ich schon gespannt bin, was wohl herausgekommen sein mag.

In der Konservenabteilung finde ich heute wieder Tomatenmarktuben, die waren letztes Mal einfach weg. Dosentomaten finde ich keine, habe sie aber auch nicht gesucht. Danach geht es auf dem Fließband ins Untergeschoss, wo ein spannender Parkour durch Trockenwaren aller Art, an Fleischereiprodukten, Knabbereien und Mopro vorbei, über Haushaltswaren bis hin zur Getränkeabteilung führt. Allein, wer alle Hürden in unter zwei Minuten nehmen kann, für den wird sich am Ende das sagenhafte Tor öffnen, hinter dem, verborgen, jeder Teilnehmer sich einen Hygieneartikel aussuchen darf, von Mitarbeitern des Supertoyrace in Schutzkleidung ausgegeben. Wer ein Fahrrad will, braucht einfach nur den Helm einzupacken.

Hier im Supermarkt demonstrieren verschiedene Handlungsmuster die Einstellungen der Kunden, auch wenn ihre Motive nicht gleich mit an die Oberfläche treten. Manche stoppen, wenn sie mich sehen, mehrere Meter vor mir ab, tragen formstabile Atemschutzmaske mit Ventil, wo auch immer sie die herbekommen haben mögen. Andere Kunden öffnen neben mir, versunken ins Telefonat, die Wurstschränke, unfähig sich ihren Raubtierblick abzugewöhnen, der ausschließlich sich bewegende Objekte wahrnimmt. Ein Klassiker in Berlin. Langsam, ganz langsam, verstehe ich, warum man den Hygieneturm mitten in den Weg gestellt hat; ich greife nach einer Packung Kochschinken, schließe die Tür und schiebe den Wagen rüber zur Schokolade. Welch Glück!, dass dieses Grundnahrungsmittel bislang noch nicht völlig verknappt ist. Osterware sorgt seit mehreren Monaten für zusätzliche Kapazitäten; selten hätte ich mir zugetraut mich einmal darüber zu freuen. Das Herz ist beruhigt, die Süßwarenvorräte gesichert. Bei den Molkereiprodukten angekommen, schlurfe ich am Veganerfach vorbei und finde den lang gemissten Leberwurstersatz wieder aufgefüllt; eine Packung findet ihren Weg mit zurück, obwohl der Wagen, das muss ich gestehen, schon jetzt seltsam voll wirkt, viel voller als sonst. Schnell noch alle Regale leerkaufen, bevor alles leergekauft wird.

An den Haushaltswaren vorbei zur linken Seite fällt mir auf, dass ich ja schon sehr lang kein Bier mehr getrunken habe, verzichte dann aber darauf, eines mitzunehmen. Das Sternquell im Kühlschrank steht und wartet ja noch, stimmt; kein Grund also sich unnötiges Gepäck aufzuladen. Zu meiner Rechten dann die restlose Ernüchterung: Keine einzige Packung Toilettenpapier ist mehr hier. Nicht einmal eine Rolle Hakle Lady ist zu haben. Da fällt mir ein, stirnklatschendes *fait divers*, die Berliner Abflussallianz sei mittlerweile mehrmals am Tag damit beschäftigt, nicht für die Toilette geeignete Pflegeartikel aus der Kanalisation zu spülen. Die Leute haben, so scheint's, schon jetzt nichts anderes mehr. In Gedanken meinen eigenen Vorrat von zu Hause durchgehend überlege ich so, wie lange es wohl noch dauern würde, bis ich Blätter sammeln gehen müsste, um sie zu trocknen, und ob der Aufwand es wert wäre, will mich aber noch nicht festlegen und trotte erstmal zum Fließband, hake den Wagen ein und kehre so langsam an die Oberfläche zurück.

Die Kassensitzplätze sind jetzt wie beim Bäcker durch Plexiglasscheiben geschützt, die Mitarbeiter bekommen ihre abgezählte Tagesration puderfreier Latexhandschuhe immer zu Schichtbeginn; man erkennt daran sehr gut, wo sich Überschneidungen bei systemrelevanten Berufen ergeben. Nachdem die letzte Schokoladentafel über das Band gerutscht ist, greife ich vorsichtig um die Scheibe herum, wähle kontaktlose Kartenzahlung und werde anschließend aufgefordert, meine Geheimzahl einzutippen. Ich verstaue meine Lebensmittel im Rucksack und frage mich noch, ob ich der Kassiererin jetzt dafür danken soll, dass sie so fleißig ist, durchhält und weiterhin arbeitet, entscheide mich dann aber dagegen, weil es ja normal ist. Alles ist schon normal geworden, die Leere, der Abstand, die sterilen Tage, die nie zu vergehen scheinen, bis es plötzlich dunkel ist. Dann bleibt wenigstens das Gurren der

Tauben auf meinem Balkon, das leiser werdende Gezwitscher der Amseln und Spatzen. Geklatscht wird schon eine Weile nicht mehr.

Auf dem Weg nach Hause fällt mir dann ein, dass ich den Kaffee vergessen habe, aber nicht so schlimm, weil ich in den kommenden Tagen sowieso häufiger rausgehen will, das Wetter macht es mir leicht. Vielleicht gehe ich morgen einfach spazieren, auf dem Rückweg nochmal einkaufen, woanders dann, für die nächste Chance im Toilettenpapierlotto.

Ich will mir eine Notiz ins Handy einprogrammieren und bemerke die Anrufe in Abwesenheit, die während meiner Zeit im Untergeschoss eingegangen sein mussten; darunter die Nummer der Diabetologie, ausgerechnet. Da ich bereits Übung im Umgang mit den Anrufschleifen habe, unterbreche ich den Alexaverschnitt direkt im ersten Satz mit der Eins und befinde mich kurz darauf im Gespräch mit einer Mitarbeiterin. Die Ergebnisse seien da, ob ich sie wohl abholen kommen könne, fragt sie. Klar, warum eigentlich nicht, denke ich so, schaue dann auf die Uhr und sehe, es ist halbzwölf. Hin und her, auf und ab geht es, immer wieder, den Flur entlang, für den Staub im Licht, hinter seinen schiefen Gittern – –. Also morgen wäre glaub' ich besser für mich, ich kann's gleich nach acht abholen. Alles klar, alles nicht so dramatisch, sagt sie. Wir verabschieden uns freundlich, ich schlurfe noch die letzten Meter und drehe den Deckel schön fest.

08.04.2020

Das Schreiben fällt mir heute schwerer als sonst, der linke Arm ist träge, Temperatur habe ich aber keine. Das kommt von der Impfung, hat man mir gesagt, grippeähnliche Symptome könnten auch auftreten, Fieber inklusive. Ein Coronaprobelauf gewissermaßen; kommt mir gerade gelegen, denke ich so, ich wollte ja eh raus bei schönem Wetter, das Glas ein bisschen lüften. Also binde ich das Fahrrad los und lege ab, schiffe mich endlich ein, auf großer Fahrt.

Der Asphalt auf der Gürtelstraße ist mit laternenlichtfarbenen Streifen beklebt worden, die Fahrbahnen für motorisierte Fahrzeuge deutlich verengt, damit es mehr Platz für Fahrräder gibt. Vielleicht ist das, kleine Spinnerei, schon ein Feldtest für die *green city*?
Vor ein paar Monaten haben zehntausende Fahrradfahrer den großen Stern um die Goldelse herum blockiert, sie protestierten für eine sauberere Innenstadt, wollten sie den Radfahrern zurückerobern. Ein, zwei Wochen später protestierten tausend Landwirte in bald fünfhundert Traktoren auf dieselbe Weise, aber nicht gegen die Radfahrer, nicht direkt. Der Effekt auf politische Entscheidungen war in beiden Fällen zu vernachlässigen. Mittlerweile haben sich jedoch Spielräume, wie es scheint, in alle Richtungen ergeben.

Ganz gemütlich fährt es sich so an die Frankfurter Allee, wo ich den fehlenden Verkehr noch deutlicher bemerke und mir gleich einbilde, die Luft sei frischer geworden, wenn auch deutlich wärmer. In den vergangenen Wochen wurde schon häufiger gescherzt, die globalen Emissionsziele der nächsten fünf Jahre seien problemlos erreicht; vermutlich ist die Klimabewegung damit erstmal erledigt, und ja, sie werden versuchen lauter zu werden, aus der Krise eine Blaupause für ihre Zukunft zu zeichnen, und vielleicht werden sie dann, größte Spinnerei, von Tautologen als Konstrukteure der Pandemie und als Bioterroristen bezeichnet. Auf der anderen Seite sind auch die Nationalkonservativen politisch erledigt, denn die Bundesregierung wird schon alles daransetzen, Eurobonds zu verhindern. Wer glaubte, der neuen Rechten würde aus einem progressiven politischen Spektrum heraus der Boden unter den Füßen entzogen, der hat, scheint's, noch nicht genug Netflix geglotzt.

Vom Fahrrad aus lasse ich den Film sich abspielen, in Gedanken; vierundzwanzig Bilder in der Sekunde, alles wirkt wie echt, als ich dem Mittdreißiger Skateboardfahrer entgegenkomme, der seinen Retriever mit kurzer Leine an sich zerrt. Am Bauzaun, da, wo gegenüber vom Ringcenter mal der Fischerbrunnen stand, wurden gefüllte Plastiktüten festgeknotet, die dort im Wind baumeln; daneben steckt, in einer Klarsichtfolie, ein Tampon und ein Karobogen, auf dem Hilfsbedürftige schreiben können, was ihnen fehlt, meistens sind es Hygieneartikel. Eine schwungvolle Schrift fragt nach einem Job und hinterlässt ihre Handynummer. Mir fehlt noch nichts, also trete ich wieder ins Pedal und fahre weiter nordwärts, Richtung Stadtpark Lichtenberg, fahre an den Schulmädchen vorbei, die sich gegenseitig Videos von purzelbaumschlagenden Hamsterkäufern auf Mopeds zeigen, die sich halbtot lachen, die das hier alles nichts angeht. Den wimpst's glei' um! Ich war früher nicht besser und dachte, solange es keiner sieht, ist es schon in Ordnung. Die Berliner jedenfalls lassen sich die Kontaktverbote gefallen, spazieren in Zweierpaaren oder auch mal Viererpaaren durch die Straßen, immer nur die Kernfamilie, versteht sich, deren Konstellation bei Wohngemeinschaften eben beliebig ist.

Die Zeit zwischen einsetzender Gewöhnung und verabschiedeten Lockerungsmaßnahmen ist eine für Experimente im öffentlichen Leben. In der Parkaue will ich das Rad anschließen, bemerke dann jedoch sehr schnell, wie voll der Park eigentlich ist. Es sind viel mehr Leute dort als in den Straßen. In Brüssel würden jetzt vielleicht Drohnen über unseren Köpfen fliegen, würden ihre Roboterzeigefinger ausfahren und uns Bußgelder androhen oder Schlimmeres. Wer weiß, wie lange es noch dauert, bis sie sich auf unsere Köpfe setzen, mit kräftigen Saugnoppen Unterdruck erzeugen und uns direkt ins Quarantänelager fliegen, wo wir fleißig medizinische Schutzmasken auf Kante nähen würden. Das RKI wirbt für eine eigene App, die unter anderem die Schlafmuster ihrer Nutzer aufzeichnet. Ich frage mich, nicht ernsthaft, nur aus Höflichkeit, warum.

Kurz bevor ich anlege, drehe ich also wieder um, biege in die Normannenstraße, fahre am Café Bonjour vorbei und schlängle mich auf ruhigen Wegen durch die Nachbarschaft, bis es mich zum Alten Friedhof in der Gotlindenstraße verschlägt, wo ich, die Ruhe genießend, den wenigen Besuchern aus dem Weg gehe. Die Anlage ist wie ein Schachbrett gleichmäßig zerteilt, zerschnitten durch schmale Wege. An ihrer Ostseite befinden sich Blumenbeete, in denen Landschaftsgärtnerazubis sich ausprobieren dürfen. Ich spaziere zwischen den Trampelpfaden entlang, lese auf den Plastikschildchen, dass hier bald Gerbera, Geranien und Orchideen aus dem Boden kommen werden, biege dann an der Trauerweide ab, halte an jedem umgewälzten Grabstein, lese die Namen, rechne, wie alt die Menschen geworden sind: 42, 57, 23, ... Eigentlich wollte ich bis zum zwanzigsten keine Zahlen mehr nennen, aber ich mache eine Ausnahme; was nützt der rigide Rahmen, wir sind nicht beim Militär und im Krieg befinden wir uns schon gar nicht.

Ein solider Steinblock bringt mich erneut zum Halten, er erinnert mich an ein Bild von Poussin, auf dem drei junge Männer um einen solchen stehen und recht überrascht darüber zu sein scheinen, wer dort liegt. Mit der linken Hand fahre ich über die Kaktusnadeln in meinem Gesicht; komisch, sie wachsen noch immer.

Noch eine Weile lausche ich der fleißigen Amsel; sie trällert mir was Schönes, bevor ich mich aufs Rad setze und ablege. Auch wenn der Arm mir schwer wird, habe ich noch nicht genug von der Wärme, will ich dieses indifferente Stöbern fortführen, das ich so sehr genieße.

Auf der Bornitzerstraße dahinrollend, es ist noch mal ein bisschen wärmer geworden, sehe ich, zwischen der Kleingartenanlage Siegfriedslust und dem Sportheim des SV Lichtenberg, einen Fußgänger von weit hinten aus dem Gebüsch herauskommen. Wir begegnen uns nichtssagend, nur der Leerlauf spricht. Hinten angekommen halte ich vor einem kleinen Hang, der durch provisorische Stufen aus Ziegelstein bequem gemacht wurde. Kurzerhand entscheide ich mich, ein eigenes Experiment zu wagen, steige ab und finde zwischen herabgewickeltem Maschendrahtzaun, einem Sammelbecken an blauen Mülltüten, leeren Rumflaschen und zerdrückten Coladosen genug Platz, um das Fahrrad an einem der Bäume fest zu vertäuen. Plötzlich, denn ich blicke in etwas, das ich nicht gleich begreife, merke ich, dass ich glühe.

Der Zufall hat mich wohl zwischen Rotbuchen und Findlingen in den geheimsten Zauberwald früherer Tage geführt. Ich folge einem Paar verrosteter Gleise, hebe einen Stein auf, den ich, so mein spontaner Eindruck, doch als Kind schon mal durchs Fenster eines verlassenen Hauses geworfen haben musste. Noch fast hundert Meter stromere ich durch halbvergessene

Tage, balanciere ich auf der verrosteten Schiene, bis ein aufgeschütteter Weg, an den ich gelange, mich direkt in den Innenhof eines verwaisten Fabrikgeländes führt.

Der Hof ist ganz leer, nur die Wände sind voll von Graffiti; fiebrig, zwischen Erstaunen und Neugierde, freue ich mich, in eine Welt einzutauchen, die ich lange Zeit vermisst hatte, spätestens, seit sie einen Zaun um den Teufelsberg gespannt haben und es Geld kostet, sich dort aufzuhalten. Hier spaziere ich über die Betonplatten verzauberter Ruinen, ungestört, wie das Unkraut, das zwischen ihnen ausbricht. An einer Stelle begegnet mir sogar eine ganze Marienkäferfamilie; sie scheinen immer mehr zu werden, je länger ich hinschaue, doch bald locken mich die laternenlichtfarben eingetönten Fenster der leeren Festung hinter mir doch zu sehr. Zunächst suche ich noch einen Eingang, finde, an den Wänden herumstreunend, aber nichts als blockierende Bauzäune; die spannenden Zeiten sind wohl auch hier lang schon vorbei. Während ich in Ruhe die Wandmalereien betrachte, sind da auf einmal Schritte hinter mir und gleich im Anschluss sehe ich zwei schwer atmende Jugendliche um die Ecke sprinten, die mich ganz offensichtlich nicht erwartet hatten, denn sie werden ganz still, als ihr Blick meinem begegnet.

Sie raten mir von weitem, ich solle besser nicht weitergehen, es gebe Wachpersonal, die „Alte Fleischfabrik" sei schon lang gepachtet, Betriebsgelände und so weiter. Augenblicklich werde ich ein bisschen trauriger. Achso, verstehe, das hier ist jetzt Kultur. Gerade, als sie dabei sind dorthin zu gehen, von wo ich kam, zeige ich in die Richtung eines verrammelten Seiteneingangs, wo es auch kein Durchkommen zu geben scheint. Wollen Sie rein?, ruft einer von ihnen, viel lauter als ich es im Sinn hatte. Ja, klar, warum nicht, entfährt es mir noch recht leise, ich will immer noch keine Aufmerksamkeit. Wenn Sie da rein wollen, ja, also hier ist alles zu, Sie müssen durch den

Keller. Einer von ihnen holt derweil eine Spielzeugpistole hinter seinem Rücken hervor, posiert damit, prüft, ob sie noch gesichert ist, während der andere in seiner Hosentasche gräbt. Leicht veralbert komme ich mir ja schon vor, spiele aber mit. Hier, das brauchen Sie; er streckt mir einen kleinen Schlüssel entgegen und ich will ihn noch fragen, warum, da entfernt er sich schon von mir; rückwärts gehend, mit dem Kopf schüttelnd, winkt er ab. Sie können vorne, da gibt es so ein Verwaltungsgebäude, da können Sie durchkriechen und dann kommen Sie rein, aber hier ist nichts mehr. Bevor ich den Kleinen nach seinem Namen fragen konnte, ist er mitsamt seinem Freund verschwunden, den Schlüssel solle ich einfach steckenlassen, er würde ihn sich schon wieder zurückholen, es eile nicht.

Ich verbringe noch einige zehn, zwanzig Minuten im Hinterhof der Alten Fleischfabrik, die im Netz, wie ich später recherchiere, als so genannter *lost place* gilt. Auf einer Seite werden Führungen angeboten. Während der restlichen Zeit finde ich dort weder einen Schacht, wie der Kleine ihn mir beschrieben hat, noch bin ich aus seinen Richtungsangaben schlau geworden. Ehrlich gesagt, hatte ich sowieso nicht vorgehabt, aus einer Fahrradtour einen Einbruch zu machen. Für sowas bin ich doch viel zu strafmündig. Der Moment muss mich mitgerissen haben oder kommt das von der Impfung?, frage ich mich noch, meine Stirn befühlend.

Lass' gut sein, beschließe ich und kehre einfach um, zurück zu meiner Buche, mache zuerst das Rad los und dann mich. Vielleicht, denke ich abschiedsweise, war alles nur ein Trick und die beiden lachen sich jetzt halbtot über mich und erschießen, irgendwo im Gebüsch, ein paar Coladosen. Auf dem Weg halte ich nochmal kurz beim Supermarkt für Bröselkaffee und finde fast alle Regale befüllt. Ja, ach was soll's, eine Tafel Schokolade obenauf, davon kann man nie genug haben. Am

Ende, wenn all das hier vorbei ist, wird sich vielleicht gar nicht mal so viel verändert haben,

hoffentlich.

10.04.2020

Die Ringbahn fährt in regelmäßigen Abständen am Ostkreuz vorbei, mal im Uhrzeigersinn, dann wieder gegen den Uhrzeigersinn, hin und her und doch immer im Kreis; ich schau' ihr dabei zu, in der Früh, mit der Tasse Kaffee in der Hand auf dem Balkon stehend. Den habe ich in den letzten Tagen ein wenig auf Vordermann gebracht, das heißt Blumenkasten bestückt, Windschutz erneuert, Lichterkette aufgehängt; nun betrachte ich mein Werk, obwohl es allerhöchstens als halbfertig gelten mag. Bislang hätte ich's unter Frühjahrsputz verbucht, doch mittlerweile muss man jede Routine zum festen Plan oder abstrakten Ereignis stilisieren; es gehört gewissermaßen zum guten Ton der Stunde, sich selbst ein bisschen zu ernst zu nehmen. Salbungsvoll presse ich darum, was mir niemand ausreden kann, eine Kapsel aus der Blisterpackung und verordne mir meine tägliche Struktur. Wenn's hilft, warum nicht?

Die Brotlaibe bei Süß sind, so mein allmählicher Eindruck, seit ein paar Tagen größer geworden. Ich grinse durch die Plastikscheibe zurück und bedanke mich, klemme mir die Tüte unter den rechten Arm und lasse das Plexiglas im hereinströmenden Frühlingswind baumeln. Wie vermutet werden die Leute mit einsetzender Temperatur unruhiger in ihren Weckgläsern, rutschen sie auf ihren Sesseln hin und her. Sie stehen unter Druck, wollen raus, drücken von innen gegen den Deckel. Seit Neuestem legen darum einige Regierungen in betroffenen europäischen Staaten ihre Ausstiegspläne vor, nur die deutsche ist noch vorsichtig, vielleicht durch ihre föderalistische Struktur bedingt, was den Unternehmen nicht gefällt. Sie rutschen am heftigsten, vor allem nach unten auf den Kurven an der Börse, aber davon verstehe ich nichts weiter und meine naive Sicht wird sich erst trüben, wenn selbst die Lebensmittelbranche aufhört zu brummen. Bis dahin kaue ich auf meinen dicker werdenden Brotscheiben, fühle mich gut unterhalten, denn die

Spoilersaison ist endlich eröffnet. Sachsen zumindest hat gestern einen Plan für die Wiedereröffnung von Kitas und Schulen vorgelegt. Die anderen werden folgen, sie müssen, auch wenn das RKI noch nicht von Entspannung sich zu sprechen traut; die Infektionskurven verflachen sich. Es wird bald weitergehen, nur wie?

Die meisten Riffel des dekorgewalzten Stahlblechbodens glänzen nach einem Nachmittag Polierarbeit, die Stahlgitter mache ich morgen noch sauber, rede ich mir ein, schließlich muss immer etwas zu tun sein, darf einem die Tätigkeit nicht ausgehen. Ich mache mir meine Zelle gemütlich, stelle meine Büropflanzen raus, sogar den Ficus und hoffe, er nimmt es mir nicht übel; in der Not müssen wir alle zusammenhalten. So sieht also Solidarität in der Einsamkeit aus, denke ich mir, meine Pflanzen für Gleichgesinnte nehmend. Da fällt mir ein!, die Molle, die Flasche Sternquell!

Am Kühlschrank angekommen brennt das Licht, nur dort, wo die Flasche sonst stand, ist es jetzt leer. Kurz denke ich, sie hat es mir wohl doch übelgenommen und sich aus dem Staub gemacht, bevor ich die graue Masse in meinem Kopf zurechtschüttele. Wo ist mein Bier? Nach all den Wochen, Monaten des sehnsuchtsvollen Abwartens, meiner gesellschaftlich anerkannten sanften Sucht wieder nachgehen zu können?, die Stunden in Abstinenz, in selbstreflexiver Disziplinierung meiner Zerstörungswut; all diese Zeit, sage ich, soll jetzt, so wie sie ist, ohne Sinn und Ziel, ohne ein Finale ins Nichts, verlebt worden sein?

Vielleicht, obwohl ich, und das muss ich mir nachdrücklich in Erinnerung rufen, das Was generell vorziehe, vielleicht noch wichtiger als ihr Verschwinden ist die Frage, *wie* das passieren konnte. Ganz ruhig, ganz bestimmt gibt es eine evidenzbasierte Antwort auf diese Frage. Gehen wir die Fakten durch, spielen wir Detektiv; am Montag hat sich die Flasche noch hier befunden, das geht aus meinen Aufzeichnungen hervor; hat sie mir jemand gestohlen? Ja, genau, immer erstmal die anderen verdächtigen, auch wenn es keine Zeichen für einen Einbruch gibt und überhaupt keinen Besuch, der hätte wissen können, dass ich die Flasche bei mir hatte, auf hoher See…

Auch nach mehrmaligem Hin und Her findet sich im Flur kein roter Faden, bleibt die Auswahl der zur Verfügung stehenden Verdächtigen im Singular, von der Flasche selbst keine Spur, und auch sonst tauchen, bis auf den kleinen Schlüssel von vorgestern in meiner Jackentasche, keine forensischen Beweisstücke auf. Gehen wir einen Schritt weiter, denken wir quer. Wäre Schlafwandeln denkbar? Selbst dann, so mein Verdacht, stünde wenigstens das Leergut irgendwo herum. Es sei denn, man hätte die Gute vom Balkon gestürzt, aber auch ein Blick in den Innenhof bietet keine Anhaltspunkte. Niedergeschlagen kapituliere ich, es gibt schließlich Schlimmeres. Aus der Welt kann sie nicht sein und irgendwann finde ich sie schon wieder.

Für ein paar Groschen, denke ich so, könnte ich mir unten beim Späti mehr kontaktlose Flaschen holen, als ich vertrage, das ist es ja nicht. Es geht hier nicht in erster Linie um die Bierflasche, es geht um so viel mehr. Die innere Irrealität ist es, die mich bedrückt, sie wächst, wie die grünen Freunde auf dem Außendeck. Ob man jetzt alles bewertet oder lernt damit umzugehen, die Dinge so zu nehmen, wie sie kommen, das ist eine Frage des Willens. Ich beschließe, es dabei zu belassen, setze mich zwischen meine Pflanzen auf den Balkon und finde meine Kaffeetasse zwar kalt, doch trotzdem halbvoll. Wir hier machen es unter uns aus.

Vor knapp dreihundert Jahren kam die Pest das dritte Mal nach London. Es starben knapp hunderttausend, noch mehr verloren ihre Arbeit und ein hysterischer Aberglaube machte sich breit, darunter Vorstellungen davon, wie das Blut Jesu seine Anhänger schütze oder der Genuss von Alkohol den Körper durch Ausbrennen der Pest gegenüber unempfindlich werden lasse. Wenn man eine Sache abstrakt genug hält, werden Muster von alleine sichtbar… Ein bisschen später dann schrieb Daniel De Foe sein Tagebuch darüber, berichtete, als sei er dabei gewesen, über Betrüger, Halsabschneider und die Furcht der Bevölkerung. Wieder beginne ich hin- und herzuschwanken, die innerliche Reise anzutreten. Die heutige Pandemie wird, von meinem Balkon aus, zum Touristenziel für Seuchenkundler, zum privilegierten Themenpark für Nihilisten, zum hautnahen Erlebnis: Ja, genau so muss es sich angefühlt haben, damals, im Elend! Nein, davon zu lesen genügt einfach nicht, sich das Ausmaß der Katastrophe vorzustellen, Zahlen sagen oft schon nichts mehr, unlängst bin ich ihnen gegenüber stumpf geworden, und was die Leute berührt, ist das Spektakel, die neue Staffel, die ungeschnittenen Szenen und die grundsätzliche Erwartung, dass irgendetwas Fürchterliches noch bevorstehe.

Herr Johnson ist heute, so lässt es sich den Nachrichten entnehmen, von der Intensivstation entlassen worden. Allein die Meinung des Präsidenten der USA ist zweifelhaft genug, welcher die Kurve schon auf dem Höhepunkt sieht. Es spricht Bände, auch nur Teilen seiner Bevölkerung so etwas weismachen zu können. Vielleicht scheint mir auch nur zu lang schon die Sonne auf den Kopf.

Langsam, nur nicht zu langsam, beginne ich, an meinem Verstand zu zweifeln und frage mich, wie der gute alte De Foe über die Pest zu London hat berichten können, wenn er damals gerade einmal fünf Jahre alt war. Autoren wird wohl nicht grundlos Verlogenheit nachgesagt. Nur die Flasche, dass die weg sein soll, das kapiere ich einfach nicht.

Jetzt mit dem Trinken anzufangen wäre sowieso nicht die beste Idee gewesen, auch wenn das Wetter mir da stark ins Wort zu fallen scheint. Die Laborergebnisse haben meine Werte als unverändert angezeigt, sodass sich eine weitere Diagnostik empfiehlt. Da bin ich beruhigt, ich hatte meine Leber also gar nicht mehr zu zerschießen gebraucht. Die Überweisung zur Hepatologie am Checkpoint Charlie liegt trotzdem noch in der Praxis auf der anderen Straßenseite und wird, so wie ich das jetzt sehe, auch noch nächste Woche auf mich warten. Ich höre die Stimme der Mitarbeiterin am Telefon, alles nicht so dramatisch, sagt sie. Vielleicht wollte die Flasche mir einen Gefallen tun und ist deswegen verschwunden, vielleicht, wer weiß das genau zu sagen, ist sie schon auf einer einsamen Insel gestrandet.

12.04.2020

Von meiner grünen Insel im dritten Stock aus, lausche ich früh morgens großstädtischen Paradiesvögeln. Es gibt sie, das ist keine Einbildung. Auf einem Bild, das mir ein Freund vor vielen Jahren geschenkt hat, ist einer zu sehen, der mit breiten Schwingen vor einer gotischen Kathedrale vorbeifliegt. Es ist mir sehr lieb, dieses Bild, ist Erinnerung an verblassende Erinnerung. Die Stadt, wenn auch im Hintergrund, ist immer präsent, in jeder Überlegung, jeder noch so raffinierten Inszenierung der Natur. Der Vogel dient mir als Lesezeichen, begleitet mich auf meinen Reisen, wie Poll den federleckenden Gestrandeten. *Where have you been? Why are you here?,* ruft er, und man kann sich denken, warum.

Wo ansonsten Ostern gefeiert wird, entschließt man sich diesmal, die letzte Woche vor den Lockerungsmaßnahmen einzuläuten. Die Bundesregierung rechnet nämlich nach den Feiertagen mit einer drastischen Abnahme der Zustimmung gegenüber den Kontaktverboten, und wenn man nur mal runter zum Bäcker geht, bemerkt man schon, wie dünnhäutig die zivilisatorischen Meningen mittlerweile geworden sind; wenn der Boden nicht mit Linien beklebt ist, herrscht auch kein Abstandsanstand. Jedenfalls hat man die Diskussion um Lockerungen noch nicht halb hereingetragen und schon wird wieder gedrängelt. Das ist er wieder, dieser Geltungsdrang, der von Einwohnern ehemals einsamer Inseln Charme genannt wird. Bekümmerte es mich sonderlich, ich fände zur Zeit im Netz dazu soziologische Analysen in Überfülle; auch von der Entmündigung ganzer Altersgruppen ist die Rede, die Welt würde nie mehr, wie sie mal war. Ja es stimmt, jeder geht mit der aktuellen Lage anders um und dabei lassen sich problemlos Verhaltensmuster je nach Lösungsansatz für den gegenwärtigen Konflikt modellieren. Während manche weniger Schwierigkeiten dabei erleben, auf ihr Inneres zurückgeworfen zu sein, birgt die Konfrontation ohne Zerstreuungsmöglichkeiten für andere größte Hürden, scheinen einige gar in kindische Verhaltensmuster zurückzufallen. Papperlapapp Kontakverbot!, ist schon in Ordnung, solang keiner hinschaut. Wie damals in der letzten Schulbankreihe.

Später am Tag erreichen mich in meinem hermetischen Idyll Anrufe, die ersten Ostergrüße, von Familie wie Freunden. Der Restaurantbesuch mit traditioneller Eiersuche wurde dieses Jahr ausgesetzt, was will man machen, Hasen wird's aber auch keinen geben, zu viel Aufwand und essen würde ihn sowieso keiner. Da kam Meister Lampe wohl nochmal davon, sage ich so und werde dazu aufgefordert, mich zu wiederholen, weil die Ringbahn gegen den Uhrzeigersinn fährt. Ich hab' neue Lampen auf dem Balkon. Themenwechsel mitten im Satz, wie es scheint, aber die Schlange vor dem Baumarkt am Ostbahnhof war mehr als hundert Meter lang, die hättest du sehen müssen. Was es bei mir heut gibt? Nichts Besonderes, die Ewigkeitssuppe von vorgestern, von voriger Woche noch; die Butter, die Zwiebeln, alle klatschten in der Pfanne, für den Weißwein gab's stehenden Applaus.

Auf meinem Kontrollgang zum Kühlschrank erwische ich mich mit einem Grinsen die Tür auf Axtspuren untersuchen. Es sind keine zu finden und auch gegen Ende dieser Woche blieben Berichte von brandschatzenden Räuberbanden noch immer aus. Es wird wohl alles dabeibleiben, die Welt wird vorerst, mal wieder, nicht untergehen, genauso wenig wie ihre wirtschaftliche Grundordnung, auch wenn das noch unwahrscheinlicher gewesen ist.
Ein Blick in die Küchenschränke bestätigt meine Vermutung: Ich bin weit entfernt davon, zu verhungern. Die Vorräte sind aufgestockt oder sollte ich besser sagen: angelegt. Ich inter-

pretiere das als einen positiven Nebeneffekt der letzten Wochen. Jetzt fühle ich mich gut ausgerüstet für den Fall, das wirklich mal etwas Dramatisches passiert, obwohl das Toilettenpapier wohl doch so langsam ausgeht.

Dir auch Frohe Ostern, Oma! Nein, du darfst noch nicht raus, du bist eine Gefahr für dich. Andere übrigens auch, weshalb ich nicht vorbeikommen kann. Ja, gut, Spazierengehen ist erlaubt – wie lange das noch so geht?, also, so wie ich das sehe, zumindest bis Ende des Jahres – –.

Robinson Crusoe hat zwanzig Jahre nur mit seinem Papageien gesprochen, bis ihm schließlich Freitag begegnet ist. Da frage ich mich, wem ich all die Dinge erzählen würde, die mir im Exil so einfielen, stelle dann aber fest, dass das Internet selbst einen nuklearen Krieg überstünde. Solange also irgendwo Strom fließt, werden wir den Regierungspodcast noch empfangen können. Da bin ich ja beruhigt, wobei ich es vielleicht wie Ovid gehandhabt und einfach dauernd fiktive Briefe oder Tagebucheinträge verfasst hätte, in der Hoffnung, so die einsetzende missmutige Umtriebigkeit zu vertuschen.

Meinem Publikum aus nachapokalyptischer, von jugendlichem Tribalismus beherrschter Welt, würde ich so nie begegnen müssen. Es könnte meine zwanzigjährigen Aufzeichnungen in gedruckter Form finden und seinen Tabak darin einrollen oder es in Ermangelung von Hygieneartikeln verwenden, je nachdem.

Fünfte Woche

Die Zeit nach Ostern ist, wie die Zeit davor, geprägt von Putz-reflexen, und die sind aktuell mehr als gefragt, denn der Staub liegt häufig zu hoch an Tagen danach; nach Tagen, an denen man in gedanklichen Südseereisen Schätze längst vergessener Abenteuer geborgen hat, um anschließend nur seinem Papa-geien davon zu berichten, bevor auch er sie vergisst, bevor auch der innere Robinson auf denselben Wogen treibt wie öde Flocken in steriler Zimmerluft. Jedes fantastische Ereignis be-ginnt in diesen Tagen beim Staubsaugen, wo innere Sturz-fluten die graue Gischt im Kopf und unter dem Sofa verschlingen.

Ja, die letzten Tage hatte sich einiges angesammelt, weshalb jetzt wirklich einmal Schluss damit gemacht werden sollte und ehrlich gesagt, habe ich mich bereits darauf gefreut, heute ein paar lose Enden aufzuwickeln. Zwischen eingetrockneten Kaffeetassen und herausgedrückten Vitaminkapseln stehen manchmal ein paar Gegenstände geschrieben, die nicht gleich so viel Beachtung erlangen, wie sie eigentlich verdient hätten, denn sie helfen ebenso beim Zergliedern wesentlicher Kon-flikte. Die Erfahrung sagt, ist man nicht gleich in der Lage, Inneres zu ordnen, kann man sich die Zeit damit vertreiben, außen anzufangen. Das beschworene Surren ist also mehr als ein romantisches Knistern auf Vinyl, mehr als ein schiefes In-strument, auf dem Unbehagliches untermalt werden soll; es macht die Zeit greifbar an Tagen, die sich den *dutch angle* be-reits heimlich eingeschrieben haben.
Bevor ich jedoch damit anfangen kann, gilt es noch einige Vor-kehrungen zu treffen und dabei spreche ich nicht von andert-halb Löffeln Tagesdosis, sondern, wer fürchtet den Moment nicht auch, vom Staubbeutelaustauschen. Leider finde ich im

Flur, so oft ich auch auf- und abgehe, weder frische Staubbeutel noch den Karton, der sie enthalten sollte. Augenblicklich kaskadiert die ganze Bierflaschendramatik erneut in mir, bis ich mich erinnere, den Karton mitsamt der Playstation und anderem Kram in den Keller gebracht zu haben. Puh, Glück gehabt, doch noch nicht verrückt geworden. Im selben Moment klingelt es an der Tür.

Es hat sich, wer hätte es für möglich gehalten, ein Postbote zu mir verirrt, der mich fragt, wo er hinmüsse. Ins Hinterhaus, ja, ins Hinterhaus, wiederhole ich mich, denn die Sprechanlage ist sehr alt und rauscht lauter als die paar Autos vor der Tür – – dritter!, Stock, ich komme aber entgegen, keine Sorge, wollte sowieso gerade runter.

Nachdem ich in die Jacke schlüpfe und die Treppen hinuntergehe, werfe ich einen Blick durchs Fenster in den Innenhof und sehe einen Mann mit großen Kartonkisten sich abmühen, die schwere Tür zu öffnen. Einmal unten angekommen, navigiere ich ihn direkt an; erst auf Kollisionskurs nehmen seine Augen von mir Notiz und er dreht bei. Ich bemerke, dass ihm das überhaupt nicht bekommt, weil er sehr nah an mich herantritt, so nah, dass ich kurz überlege, ihn auf den Sicherheitsabstand hinzuweisen; vielleicht gefällt ihm einfach mein Gesicht nicht oder es gefällt ihm besonders gut, denke ich so. Ja, schönen guten Tag!, Sie haben gerade bei mir geklingelt. Dokument? Ein Dokument, Sie meinen den Ausweis?, nein, den habe ich jetzt oben liegen. Daraufhin wechselt er ins Russische, will mir nichts aushändigen. Er folgt mir bis in den dritten Stock, wo ich ihm den Namen auf der Klingel zeige. Jetzt übergibt er mir das Päckchen und erklärt mir, dass es das gewesen sei. Alles kontaktlos jetzt.
Der Bote haftet neuerdings für verlorene Post mit dem eigenen Namen. Kein Wunder also, dass er die anderen Kartons nicht

hat unten stehen lassen, mich partout nichts hat tragen lassen. Er schultert sie wieder hinunter, schultert sie den ganzen Tag, und ich überlege noch kurz, ob ich ihn nach seinem Namen fragen soll, um ihn beim Paketdienst zu loben, aber entscheide mich dagegen, weil ich Telefonwarteschleifensysteme nicht leiden kann und heute noch was vorhabe. Mein Gedanke wird durch einen Niesanfall zersetzt, der mich daran erinnert, wie staubig es hier ist; wo wir wieder beim Thema wären.

Zum zweiten Mal unten angekommen, schließe ich das Portal zum Keller auf und trete in dieselbe Luft von vor zehn Tagen. Ein bitterbleicher Geschmack liegt darin und bevor ich die Tür schließe, bemerke ich, dass schon von irgendwoher ein Licht-lein kommt.
Merkwürdig, denke ich so, wer schließt denn die Tür hinter sich ab, wenn er in den Keller geht? Ich entscheide mich, die Tür nicht wieder abzuschließen und dem Licht zu folgen, bis ich bemerke, dass es aus dem dritten Seitengang heraus-glimmt. Ich rede mir ein, mich nicht anschleichen zu wollen und betrete den Korridor mit einem lauten Gruß ins Nichts, aber der Ruf wird nach einigen Metern schon von der hohlen Stille absorbiert. Scheint niemand hier zu sein. Konnte ich, spontaner Zweifel, denn neulich wirklich vergessen haben, das Kellerlicht zu löschen?, ich meine, ich hätte doch beim Gehen bemerken müssen, dass da noch die Glühbirne brennt oder war ich so in Gedanken, dass ich das nicht mitbekommen habe? Nach noch ein paar mehr Schritten durch den sandigen Hohlweg bestätigt sich die Ahnung: Tatsächlich kommt, von hinter den eng gestellten Holzlatten, die meinen Kellerraum von den umliegenden abtrennen, schwaches Licht; kein Zwei-fel, ich musste vergessen haben, es auszuschalten.

Anstatt mich darüber zu ärgern, versuche ich mich zu freuen, es so bald bemerkt zu haben, denn so gesehen, hätte die Birne geleuchtet, bis sie durchgebrannt wäre. Die Stromrechnung, vor einigen Tagen noch eine irreale Befürchtung aus vorapokalyptischen Zeiten, wirkt deutlich echter, was ein Zeichen für die Normalisierung der aktuellen Lage ist. Man konnte also von Glück reden, dass die Staubbeutel unten waren und – – ach, machen wir uns nichts vor… Wie konnte mir denn sowas passieren?, wie geistesabwesend kann man eigentlich sein?

Jeder geht mit seinen inneren Konflikten ein bisschen anders um und als ich daraufhin bemerke, den zum Öffnen nötigen Schraubenzieher oben vergessen zu haben, komme ich an einen, ich sage mal, magischen Punkt, an dem ich unter anderem vom Kurvenzeichnen auf meiner Treppe nichts mehr wissen will. Wie in frühen Kindertagen fühle ich jetzt diese Vene in meinem Hals pulsieren, verzage ich, die Schuld bei allen anderen suchend, sogar bei dem fleißigen Postboten, dem ich entgegenkommen wollte und der mich dafür beschimpft hat. Muss ich wirklich nochmal hochgehen, gibt es keinen anderen Weg? Ich will aber nicht. Fiebernd suche ich nach einem Ausweg in dem Bewusstsein, durch den sinnlosen Koller letztendlich noch mehr Zeit zu verlieren, denn ohne das Werkzeug würde ich die Tür nicht aufbekommen. Auf dem Boden liegt eine Schraube, am hinteren Ende des Ganges sehe ich noch die Umrisse einer Rattenfalle, aber ganz bestimmt keinen Dreher. Am äußersten Rand meines Trotzes, schließlich, stelle ich fest, dass alles wieder gut ist und ich nicht viel weiter runterkommen kann, also lehne ich erstmal an der Tür, die Hände in die Taschen gesteckt. Da ertasten meine Finger das hoffnungslose Stück Metall, das mir der Kleine von letzter Woche überlassen hat.

Im Keller hört man ab und zu ein Flüstern, immer wenn Wasser durch die Rohre herabfließt. Die Lampen leuchten zwar schwach, aber so schön gelb. Der hohle Raum lässt, wie es scheint, weder Licht noch Geräusche, nicht einmal die Schatten weit fort von sich. Vielleicht will er sie vom Weggehen abhalten, wo ihm sonst doch bloß die Finsternis bleibt. Der Schlüssel passt beim ersten Versuch; die Vene in meinem Hals pocht jetzt wieder, wenn auch durch anderes Fieber ausgelöst. Ich öffne die Türe und was ich finde, sieht nicht aus wie mein Keller. Zuerst denke ich noch, ich hätte mich die ganze Zeit geirrt, schließlich war es dunkler als nötig und vielleicht habe ich falsch abgezählt. Vielleicht hat der Schlüssel nur zufällig gepasst, auch wenn das gerade einem Lottogewinn gleichkäme, ich kann ihn ja beim entsprechenden Nachbarn abgeben – – plötzlich durchbrechen dumpfe Geräusche verrückter Möbel die Stille so sehr, dass das Wasser, ich hätte darauf wetten sollen, beim Herabfließen gefriert, wie augenblicklich jede Flüssigkeit in meinem Körper. Hinter mit Decken zugehängten, gestapelten Stühlen regt sich etwas, taucht langsam eine feste Form auf, die ich nur darum beobachte, weil meine Füße fest in den Boden geschraubt zu sein scheinen; aus dem Zwielicht dann tritt sie nach vorn, lüftet den Vorhang, bis mich, von allen guten Geistern verlassen, schlussendlich eine bekannte Stimme aus dem Café Größenwahn hereinbittet.

Da für Zögern schlichtweg keine Zeit mehr war, ergab ich mich kurzerhand, vielleicht noch unter den Auswirkungen des ausgeschütteten Adrenalins, und folgte ihr in ein, wie es schien, geheimes Hinterzimmer im Kellerraum; es ist nutzlos zu erwähnen, dass mir von so einem Raum bisher nichts bekannt war. Mit Handgesten machte man mir begreiflich, mich an einen winzigen Tisch zu setzen. Dort begrüßten mich, wer hätte es geahnt, Dr. Rieux, sein Glas bereithaltend, sowie der sich gleichfalls setzende Dr. Bendler, dauergrinsend. Langsam, noch sehr langsam, nahm ich Platz, da fragte mich Bendler, wo ich so lange gewesen und Rieux mich, warum ich hergekommen sei. Diese beiden Vögel, dachte ich mir, was machte sie glauben, von ihrer Position aus Fragen an mich richten zu können? Ich wohne hier. Was aber trieb euch hier her, warum ausgerechnet mein Keller und wozu all die Theatralik?, ich hätte mich beinahe zu Tode erschrocken und überhaupt, fällt das hier gerade nicht unter Einbruch?

Naja, grundsätzlich, erklärte mir Bendler, wäre man, unter herkömmlichen Umständen, durchaus dazu geneigt, das Hausherrenrecht beschädigt zu sehen, doch man müsse die Dinge in Relation setzen und nachdem ich vor nunmehr zwei Wochen zu ihnen gestoßen war und obschon der Disput zwischen uns ein redlicher gewesen sei, so müsse man gleichfalls feststellen, dass aufgrund meines nicht nur stimmlichen Pegels man auf das Café aufmerksam geworden sei und es in der darauffolgenden Nacht hatte geschlossen werden müssen. Weiter riet er mir, darum auch besser jetzt davon abzusehen, die Stimme zu heben, da es das Mindeste sei, ihnen Zuflucht zu gewähren, nachdem ihre Schänke einzig und allein durch mein Verschulden auf ewig verloren sei und außerdem wolle man nicht ein zweites Mal auffliegen. Folglich wäre die Einquartierung hier im Keller alternativlos gewesen.

Bevor ich auch nur eine Augenbraue hochziehen konnte, reichte Rieux uns Clownshüte mit der Bitte, sie auch zu tragen; nur tröten müssten wir leiser oder zumindest dann, wenn gerade Wasser den Abfluss herabkäme. Wozu sollen wir denn tröten?, fragte ich so und er antwortete, er habe mittlerweile meine Coronologie gelesen und fand die ersten paar Einträge recht amüsant. Danach seien mir wohl die Ideen ausgegangen. Wie dem auch sei, wenigstens metaphorisch könne man meinen dreißigsten Geburtstag nachfeiern, da die Ausgangssperren, nun ja, wenigstens in Frankreich sich verlängerten und wer wisse schon, was im Verlauf des Sommers noch so passieren würde. Außerdem sei's kindisch anzunehmen, dass nach dem Sommer nicht auch irgendwann der Winter käme. Kaum seinen Satz beendet, griff er nach einer großen Flasche von unter dem Tisch und goss deren Inhalt gegen den Uhrzeigersinn ein. Als ich die Gläser vor mir so betrachtete, fiel mir auf, dass sie mir gehörten. Also nehmt es mir nicht übel, aber ich hatte eigentlich mit dem Trinken aufgehört und – –. Und ich wäre auch gern lieber mit sieben hübschen Florentinerinnen hier drin als mit dir!, raunte Bendler mir ins Ohr; aber wir müssen nun mal nehmen, was kommt. Und jetzt trink!

Und wir tranken, jedes Mal, wenn eine Ladung Abwasser die Rohre hinunterlief, tröteten wir synchron und hoben einen doppelten Diogenes, was nach kürzester Zeit dazu führte, dass Rieux, der schon letztes Mal nicht besonders viel vertragen konnte, glasige Augen bekam. Schon wieder schien er etwas oder jemanden am Boden des Glases zu suchen, lag er die Hälfte der Zeit mit dem Kopf auf dem Tisch und vielleicht kam es vom schlechten Licht, vielleicht auch durch meinen eigenen verschobenen Zustand, doch seine Haut schien fahler als voriges Mal und sein Husten musste mehr als der feuchten Luft zugeschrieben werden. Mit Bendler, unterdessen, führte ich ein lebhaftes Gespräch über die geplanten baldigen Lockerungen und der unausweichlichen zweiten Welle der Pandemie. Die machen das schon richtig so, erklärte er, aber was bleibt ihnen denn übrig, was sind ihre Alternativen? Die Politiker haben nicht viel Spielraum, auch weil viele Bürger sich noch für freie Menschen halten, die glauben, sie hätten eine Wahl; und eine Sache noch: Verhandeln lässt sich nur mit Menschen. Deswegen muss jetzt gut abgeschätzt sein, wie viel Luft man noch rauslassen will und aus welchen Bereichen, denn jede Entscheidung birgt das Risiko ungewünschter Spätfolgen. Apropos Luft rauslassen, lasst uns noch einen Allerletzten nachschenken – –.

Auch wenn Bendler vorgeblich nur für abgedroschene Scherze zu haben war, so begann ich doch wieder darüber nachzudenken, was er mir durch die Blume wohl mitzuteilen gedachte. Letztlich, so sagte er, müsste die Regierung es ganz einfach in Zukunft bringen, auch wenn Vorsorge ihnen keinen Ruhm einstreiche. Mir war das zum damaligen Zeitpunkt noch alles ein bisschen zu abstrakt.

Ja, kam es da lallend seitens Rieux, das Unglück ist zu einem Teil abstrakt und zum anderen irreal. Wenn sie dir aber dein Leben zu nehmen droht, wird es dann nicht unausweichlich, sich der Abstraktion anzunehmen? Meine Augen trafen die Rieux' und ich sah, dass er genauso gut wie ich wusste, wie schwierig das war, wovon er da sprach. Wir waren beide zu nah dran an der Krise. Krise, Krise, flüsterte Bendler, als hätte er meine Gedanken gelesen, seine Augen funkelten tief-schwarz, See ohne Grund. Die Leute glauben, sie ist irgend-wann vorbei... sie sehnen sich nach Unversehrtheit, Komfort und einer soliden intakten Welt. Sie können nicht wissen, dass nichts vergebener sein könnte als dieser Wunsch und noch we-niger können sie es akzeptieren. Es ist nicht insbesondere diese Krise, die andauern wird, es ist der Zustand der Krise selbst, der den Menschen charakterisiert.

Ganz richtig, raschelte es heimlich, der Mensch ist ein krankes Tier, er ist das einzige Tier auf der ganzen Welt, das unzufrie-den mit seinem Zustand ist – –. Da haben wir's doch!, entfuhr es mir, wieder zu laut, doch es war mir egal. Bendler schien über diesen Umstand in völliger Gelassenheit, ganz langsam führte er sein Glas an die Lippen, ganz so, als sei's seine Kaf-feetasse vom Vormittag. Der Mensch ist unzufrieden mit sei-ner Bedingung, seiner Bedingtheit, der Natur seiner grausa-men Existenz – darum hat er eine Geschichte. Ein Leben rein aus diesen Dingen, Gesundheit, Komfort, einer kausalen Welt, das wäre dasselbe wie der Tod.

Verwundert über meine Erregung, gelangte der Sinn meiner Worte langsam von der Vene in meinem Hals durch die Schnecke im Ohr wieder ins Innere zurück. Ich blickte um mich und sah Bendler sowie den auf dem Tisch fläzenden Rieux nur wieder grinsen. Was sich hier zwischen uns dreien abwickelte, war längst mehr als ein Spiel, eine Feier oder froher Zeitvertreib geworden. Es war so viel mehr. Keiner der hier Anwesenden wusste noch, wohin; oder? Es gab einen Grund, weshalb mich die zwei ausgerechnet hier unten heimgesucht hatten. Nein, es waren nicht sie, die mir nachstellten, es war etwas anderes, etwas, auf das mit dem Finger zu deuten mir nicht gelingen mochte, im Moment. Vielleicht, nur vielleicht war es an der Zeit, zu gehen. Es lag eine Menge Arbeit vor mir.

Meine Herren, begann ich daraufhin, es war mir eine Freude, mit euch zu feiern, doch mein Ziel war heut ein anderes und von dem werde ich mich nicht abbringen lassen. Von Rieux bekam ich ein leises Stöhnen als Antwort, er schien vollends auf dem Tisch eingeschlafen zu sein. Auf meinen Hinweis, wie vollgelaufen wir schon waren und wie viel Schlagseite wir hätten, zeigte Bendler bloß die Zähne und fragte mich, ob es uns so gut ginge, weil oder obwohl wir uns so oft beklagen und fügte lachenden Auges hinzu, dass es sich um eine rhetorische Frage handelte. Mit einem Schulterklopfen reichte er mir einen Staubbeutel und riet mir, mich nicht mehr blicken zu lassen. Sie würden sich später um das Licht kümmern, nur den Schlüssel solle ich dalassen, damit sie abschließen könnten, er würde ihn mir anschließend höchstselbst in den Briefkasten werfen. All das, wie er sagte, unter der Bedingung, noch einen Allerallerletzten mit ihm zu trinken, welchen abzulehnen mir ferner lag als manch anderes. Ich ließ die Uhrzeit noch ein letztes Mal Uhrzeit sein und überließ ihm den Schlüssel, gab ihm die Hand und wandte mich zuletzt Rieux zu, dessen Oberkörper jetzt regungslos auf dem Tisch lag. Er hatte ja recht, was wollte ich schon von ihm; alle Worte, die es zu sagen gab, waren letztes Mal gefallen. *Why are you here?* Zum Abschied ein letztes Schulterklopfen, doch er war schon ganz kalt.

16.04.2020

Die aufgerissene Plastikfolie liegt noch auf dem Boden des Badezimmers; eine unförmig zerdehnte Haut, als hätte sich eine sehr große Echse aus ihr geschält und sie da liegengelassen. Vielleicht auch eine weiße Schlange. In der japanischen Mythologie steht die weiße Schlange für den Neubeginn und für Unsterblichkeit. Und wenn nicht, wird es schon irgendwo irgendwas bedeuten, ich mache mir da keine Gedanken mehr, lasse stattdessen brav die nächste Blase der Blisterpackung platzen. Nur ihre Hülle bleibt, als Abdruck zurück. Irgendwann sagt man dann „ach, das war so und so" oder „das war damals, als…" und so weiter, aber das meiste erzählt man nicht. Man muss es nicht beweisen, ist nicht der Rede wert.

Nach routinierten Formen einstudiert, nehme ich meinen Platz auf dem Außendeck ein, lausche der sanften Brise und den Möwen, die hier ab und an vorbeifliegen. Wir müssten uns also, denke ich so, in Küstennähe befinden.

Glücklicherweise habe ich gestern einige Rollen Toilettenpapier bekommen können, bevor auch mir die letzte ausgegangen wäre. Die Grundversorgung scheint bis auf weiteres gesichert, auch wenn die Schlange vor dem Supermarkt in der Nachbarschaft ein Phänomen für sich ist. Jede Kette verfährt dabei anders, wie mir scheint; einige setzen auf abgezählte Wagen, andere auf eine Arbeitskraft, die per Handyzähler darauf achtet, wie viele Kunden sich gleichzeitig im Markt befinden, und wieder andere bekümmert es gar nicht. Es werden verschiedene Strategien ausprobiert, was mich darauf bringt, kleine Schlaumeierei meinerseits, wir hätten es hier mit einem sozialen Entwicklungsprozess zu tun, an dessen Beginn noch eine Vielfalt von Möglichkeiten steht, bis durch Volloptimierung nur noch eine einzige, vereindeutigte, Form übrig geblieben sein wird. Es wird sich zeigen, ob eine in zwei Meter Abstand um den Häuserblock geführte Schlange zukünftig praktikabler sein wird als das Vertrauen auf Herdenmentalität in Zeiten, in denen ein verschlucktes Husten vor dem Schokoladenregal bei Mitbürgern den Symphaticusreflex zündet.

Anpassung ist gefragt, das ist klar. Kleinere Modelabels aus Berlin setzen schon auf den trendigen Schutzmaskenmarkt und, siehe da, die Empfehlung eine zu tragen wurde gestern (endlich!) seitens der Bundesregierung herausgegeben. Was darf es also sein, geblümt, passend zur Krawatte, etwas ausgefallener mit Unionjack (eher abwegig), oder doch das kleine Schwarze?, es wird geboten, was das Herz begehrt, und da man freilich seinen konditionierten Konsummustern schon länger nur digital hat folgen können, dürfen es gleich ein paar mehr sein. Ich hatte es vor einiger Zeit bereits festgestellt: Wem die Rolle fehlt, der kommt bald auch aus dem Gleichgewicht; gerade hier empfiehlt sich der Erwerb einer Maske, um sich soziale Stabilität zu verschaffen.

Was uns gestern auch verkauft wurde, ist eine Verlängerung der Kontaktverbote bis Anfang, Mitte Mai; im Gegenzug dafür bekommen wir endlich unsere geliebten Friseure wieder. Wer hätte es auch ohne noch länger aushalten können?, doch, einmal Spaß beiseite, vielen Selbstständigen wird bald endlich der existenzielle Druck von der Brust genommen. Die Unsicherheit für Betriebe ohne besondere Rücklagen ist, und das ist nur meine Privatmeinung, groß, und auch mit Öffnungserlaubnis wird sich noch zeigen, ob sie es überstehen werden. Ganz abgesehen vom Tourismussektor; ansonsten verbreitet sich aber ausgelassene Stimmung, die Lage scheint einigermaßen unter Kontrolle zu sein, die See ruhig, zumindest hier; Zeit für den Wärter eine Party zu schmeißen, im *county jail*.

Was mich neuerdings erstaunt, ist die deutschlandweit repräsentierte Einigkeit unter allen regierungsbeteiligten Politikern. Man könnte, kleines Gedankenspiel, annehmen, die Welt sei gar kein dezentriertes Meinungsmosaik, keine ewig sich verändernde Inselwelt, bevölkert von Touristen, die zwar den Namen des Strandes sich nicht gemerkt haben, dafür aber die Marke ihres Hawaiihemds, und Whiskey mit Eis trinken, während sie in ihren privaten Zoomkanälen Coronapartys mit den Vorgesetzten feiern. Man könnte, wenn man weitergehen wollte, meinen, diese Einheit sei illusorisch, eine optische Täuschung oder zumindest gute Tarnung vor dem aufgefüllten Toilettenpapierregal; noch geht es ohne Schubsen zu, die Krabbenkämpfe wurden verschoben.

Was aber tun, wenn der Küsschen werfende Typ im Spiegel am Ende gar keine Maske getragen hat? Anpassungsschwierigkeiten sind doch gerade für diejenigen präsenter, die ihren Narzissmus beizeiten lästiger Gemeinschaftlichkeit unterordnen müssen, das gilt privat und öffentlich gleichermaßen. Wie schon angedeutet, ist diese Einheit aber alternativlos und erneuter Ausdruck der Pandemie als Politikum. Man will gut dastehen und es gelingt, das ist nicht verwerflich, nur listig, typisch europäisch eben. So gesehen gibt es da durchaus Parallelen zur Wirtschaft: viel strategisches, wenig verständigungsorientiertes Handeln. Es stellt sich nur die Frage, welches Muster es sein darf. Krawatten kann man, wie gesagt, nie genug haben und die Maske wird diese in Zukunft glänzend ergänzen.

Für mich bleibt festzustellen, dass ich nach wie vor den 20. im Auge behalte. Leider kann das Einsiedlerleben eben nur so lang aufrechterhalten bleiben und da bereits das Festland am Horizont erscheint, werden auch die äußeren Eindrücke mit der Zeit wesentlich präsenter.

18.04.2020

Heute morgen lasse ich mich durch das vergnügliche Tummeln der Nachbarskinder im Hinterhaus wecken. In zwei Tagen enden die Ferien, umso wichtiger, die Zeit nochmal auszunutzen, bevor – ach stimmt, hatte ich vergessen. Das passiert mir ab und zu immer noch. Zunächst sind ja die Abschlussklassen vorrangig. Kurz nach dem Aufstehen rauscht der innere Fluss noch leicht, doch bereits auf dem Weg ins Badezimmer zeigen die auferlegten Strukturmaßnahmen ihre Wirkung; dann in der Küche der Griff ins Besteckfach, der Drehverschluss, das Röcheln des Wasserkochers. Der Stromkasten im Flur surrt lauter als sonst, denke ich mir so, auf dem Weg unter den blauen Himmel, auf den Balkon.

Der Birkenbaum im Hinterhof ist in den letzten Tagen ergrünt. Als Maibäumchen entzündet er bald schon das Neue, trägt er die Hoffnungen dieser Tage in seiner Krone. Von meinem Außendeck aus betrachte ich eine an seinen Zweigen sich abzeichnende Brise, frage sie, wo sie wohl hergekommen sein mag, was sie gesehen, wen sie getroffen hat, doch leider verstehe ich ihr Flüstern nicht gut, denn sowohl die Ringbahn als auch das Trampolin im Hinterhof begleiten es, in regelmäßigen Abständen.

Vor einigen Tagen erreichten mich Bilder vom Münchner Flughafen, wo Markus Söder eine chinesische Lieferung medizinischer Mundschutzmasken persönlich entgegengenommen hat, wie es hieß. Ganz unter Strom stand er, zusammen mit Andreas Scheuer, schon auf dem Rollfeld, da hatte das Flugzeug noch nicht einmal angehalten; man habe die Lieferung von hunderttausenden Masken zur Chefsache erklärt, wurde berichtet. Vermutlich ist es nutzlos sich zu fragen, ob die beiden sie schon alle durchgezählt haben, aber die Lieferung hätte man doch auch vom Homeoffice aus per Fingerab-druckscanner annehmen können. Zur Not hätte man auch ein handschriftlich signiertes Dokument per Drohne anfliegen las-sen können; die nötige Sonderfluggenehmigung hätte Herr Söder sich ja selbst bewilligen dürfen. Vielleicht ist es auch der Normalisierung zu verdanken, dass ich wieder einen ge-sunden zwei Meter Mindestabstand zu solch symbolpoliti-schem Tamtam einnehme.

Auf dem Außendeck finde ich derweil eine leere Bierflasche auf dem Tisch stehen, die von irgendwoher angeschwemmt worden sein musste und aus der eine, wie es scheint, beidseitig beschriftete Zellstoffrolle ragt. Flaschenpost?, für mich? Oder hat eine besoffene Drohne sie hier nach dem *Jailhouse Rock* von gestern liegengelassen? Ganz gleich, ob es ein Ruf aus der Oberwelt, der Außenwelt oder wieder nur Werbung ist, Zeit und Lust zu lesen habe ich unbegrenzt:

Wir befinden uns am Ende der fünften Woche der Realdysto-pie, und damit zwei Tage vor dem vorträglich etablierten *Dé-barquement* aus dem abstrakten Krieg gegen das Virus. Ver-schiedene Strategien und Feldpläne der europäischen Regierungen liegen vor, nachdem erste und zweite Papiere in der Datenschutztonne landen mussten. Während also in Ita-lien, Spanien und Frankreich die Ausgangssperren sich bis Mitte Mai verlängern werden, liebäugeln die deutschsprachi-gen Staaten weiterhin mit einer blitzartig offensiveren Aus-stiegsstrategie, um feindlichen Übernahmen vorzubeugen. Wien präsentiert sich als treibende Kraft hinter der Zerbröse-lung gemeinschaftlicher Bereitschaft, weiterhin stillzustehen − −.

Klingt ja spannend und es geht auch noch weiter, immer weiter geht es. Für den Rest habe ich nur im Moment wirklich kein scharfes Auge übrig, letztlich sind's doch immer dieselben Durchhalteparolen, die hier angespült werden… Ganz konträr dazu, habe ich mir im Laufe dieser Woche, mit Blick auf das baldige Enden meiner innerlichen Gefangennahme, schon häufig die Frage gestellt, ob es anderen auch so ergeht wie mir. Ich habe das Gefühl, dass, anstatt sich mit der Realität dieser Lage zu arrangieren, sich nach wie vor nicht durchgesetzt zu haben scheint, dass wir uns, Grüße an Herrn Wieler übrigens, am Anfang der Krise befinden. Ja, die Zahlen gehen runter und es stimmt, vielleicht können auch bald endlich wieder die Taxifahrer ein paar Kunden befördern, wenn sie schon keine staatlichen Zuwendungen bekommen. Trotzdem muss doch aus der mitunter diffusen Angst und der Hoffentlichkeit, des Betens, es möge doch bald alles zum Guten sich wenden, die rationale Erkenntnis werden, dass es vielschichtige Folgen haben wird, wenn der halbe Dienstleistungssektor demnächst weggebrochen ist, und selbst wenn reiche industrielle Nationen sich aus dieser Bredouille herauskaufen können, was wird aus dem weitaus größeren Rest der Welt werden?

Aus sicherster Entfernung, von hinter meiner Scheibe aus, bin ich schon seit langem zu nichts weiter gezwungen, als rhetorische Fragen zu verketten, denn außer Mittelmaß und hoffnungsloser Optimisten, produziert diese Welt höchstens noch Aluhüte zum Massenrabatt. Die Masken werden, glaube ich, über den Sommer gesehen wohl noch häufiger aus China eingeflogen werden müssen und dann wird das nervöse Lachen derjenigen lauter, die nicht den Komfort haben, einfach hinter ihren Scheiben zu schreiben.

20.04.2020

Langsam, ganz sanft, auf und ab im Fahrwasser des Geschehens wogt mein Schiff in den Hafen dieser Tage; die viereinhalb Wochen sanfter Quarantäne kommen heute zu einem vorläufigen Abschluss und wer bis hierhin gelesen hat, wird wissen, was damit gemeint war. Was es ist?, sei vernünftig!, zuerst sind wie immer die gewohnten Präparate zu induzieren, um die Maschine auf Trab zu halten. Einen festen Plan haben und ihn einhalten; zu diesem Spiel gehören bis zum Schluss täglich anderthalb Löffel Lebenslüge.

„Also…was machst du so den ganzen Tag? Sitzt du einfach zu Hause rum, verwest langsam vor deinem Computerbildschirm, nicht in der Lage, irgendetwas zu tun? Abgesehen von den paar produktiven Stunden am Tag, befinde ich mich genau in dieser Situation.“

Mit diesen nun vergoldeten Anführungszeichen begann meine Reise, als Thanassis mir mit ihnen gleich das Segel in die Hand gab. Was daraus geworden ist, spiegelt sich jeden Morgen aufs Neue, zuerst im Badezimmer und dann auf dem Außendeck, wider. Die sterile Hermetik, die lange Weile, die bionischen Augen öffnen den Blick für kleinere Beobachtungen, die der unendlichen Inwendigkeit entspringen. Auch wenn die Leichtigkeit unterwegs über Bord ging, ist mir gelungen, was ich vorhatte. Nämlich aus meiner Lage etwas entstehen zu lassen, das mir diese Gegenwart festhält, auf dass sie Erinnerung bleibe. Schon jetzt scheinen mir meine Zeilen von vor fünf Wochen albern, seltsam entrückt, fern des abstrakten Mahlstroms, dem wir uns nun ausgeliefert sehen. Jedoch ohne meine Welt so nah am Stillstand erlebt zu haben, wäre mir dieser leise, schleichende Verfall der inneren Jugend nie klar geworden. Wer bringt schon die Geduld auf, den Kaktusnadeln beim Wachsen zuzusehen? Jetzt, da ihr Verblassen einsetzt, wird die Zeit für mich bedeutsamer; vielleicht ist mein Blick darum nicht mehr einsatzverzögert, wartet also nicht auf die nächste Chance. Nicht mehr.

Draußen sprechen sie viel von Chancen, momentan. Während sie damit, wie üblich, verdinglichtes Wachstum meinen, sehe ich den Beweis vor mir, dass die wahre Chance darin besteht, Inneres wachsen zu lassen. Wenn auch du neugierig geworden bist, sei ganz unbesorgt, die Nadeln stechen ja nur anfangs. Bald schon, hat man sich einmal an den ewigen Wandel gewöhnt, sind sie geschmeidig geworden. Vielleicht lebst du wie ich, im Auf und Ab, im Hin und Her, das sich teleskopiert an Tagen, die außerhalb der Zeit selbst stehen; du wirst dir deine Gedanken gemacht haben. Wie es wohl weitergehen wird?, fragst du dich. Nun, ich für meinen Teil lockere die Landleine und lege an. Wir sind am Ende des ersten Teils der aktuellen Lage angekommen, die größte Welle ist genommen, vielleicht kommen noch ein, zwei weitere, kleinere, vermeiden lassen wird es sich nicht. Das ist alles kein Grund zur Sorge, denn unser Gedankenglas wird nie ganz verschalkt und zwischen den Zeilen gibt es immer ausreichend Raum für Bewegung. Spätestens mit dem zweiten Brecher wird es auch wieder etwas zu berichten geben.

Bis dahin werden nach und nach kleinere Einzelschicksale die Titelblätter füllen, maskierte Omis die Friseursalons, ambitionierte Marktleiter die Hygienefachabteilung; in den Schulen werden Schüler der Abschlussklassen aus einem Knast in den nächsten übersetzen und dort, wo es geht, wird man Lizenzen für Videokonferenzen verkaufen.

In der Zwischenzeit jedoch trat eine vorher unsichtbare, immer schon unlösbare Gefangennahme in Erscheinung, die höchstens verschleppt, in Matreshken von Pappkartons geschachtelt oder getarnt unter alten Lumpen in tiefen Gewölben versteckt werden konnte. Erst die Auseinandersetzung mit ihrer Alternativlosigkeit macht diese Krise begreifbar. Vielleicht ist sie abstrakt, das kann schon sein, aber sie ist echt, sie liegt vor mir, denn es drückt sich Blatt um Blatt. Und wann ist sie nochmal vorbei, hast du aufgepasst?

Es bedurfte einer Zeit, die langsam und schnell zugleich war, die in einer andauernden Rückwärtsbewegung ständig sich selbst überholte, um diese Eindrücke festzuhalten, ihnen etwas von der inneren Bedrückung abzugeben. Leg' ich los, lass ich's bleiben?, so geht es, den ganzen Tag, und jeden zweiten wollte ich die Zeit anhalten, auf dass ich nicht wieder am nächsten Morgen wie gefangen hier am Tisch sitzen müsste, um nicht erneut davon zu berichten, wie mir das Tintenfass austrocknet und ich darum zu häufige Satzpunkte vermeide.

Mit dem heutigen Eintrag kommt dieser Arrest an sein vorläufiges Ende. Es wird wieder Zeit und es gibt genug zu tun, zu erleben, auch wenn sich am Leben zunächst nicht viel ändern wird. Schrittweise muss man vorgehen, das sollte klargeworden sein, und nichts überhasten. Was danach kommt, wird sich zeigen. Vielleicht werden wieder Keilereien zwischen anderen Galeerensträflingen ausbrechen, weil das Toilettenpapier ausgeht, und die Psychologin im Radio wird wieder sagen, das sei ja alles normales Verhalten und Ausdruck der Angst gegenüber der unbekannten Bedrohung und wir werden ihr fleißig zunicken. Wir alle haben unsere Strategien, unsere festen Strukturen erfunden, um uns selbst über Wasser zu halten.

Aus der abstrakten Gefahr, gewohnte Ordnungen aufzulösen, seine Rolle oder sich selbst zu verlieren, entstehen in diesen Tagen unzählbare solcher Geschichten. Diese war nur eine, das Abbild einer privilegierten Bürde, und sie kommt nur scheinbar an ihr Ende. Die Wahrheit ist, sie schreibt sich weiter, den Flur entlang, hin und her, jeden Tag, selbst wenn die Lockerung längst zur Normalität gehört, die wir jetzt Krise nennen. Wer mir nicht glaubt, fängt nochmal von neuem an, begegnet denselben Gespenstern an anderen Orten, mit gespitztem Blick. Darum sind diese Zeilen bald schon die Karte einer innerlichen Inselwelt: Lies sie kreuz und quer!, sie verbindet unterschiedlichste Fasern meines Stoffs, meiner Eindrücke und Ausdrücke, und wurde letztlich bloß aus einem Fetzen des bordeauxfarbenen Bezugs der alten Couch aus der Robert-Koch-Straße gewoben.

Dank

Inhaltlich

- Gedanken von Antonin Artaud zu finden in seinem Werk „Le Théâtre et son double"

- Gedanken zur Krise des Theaters stammen von Aussagen Eugène Ionescos

- Sonstige Gedanken an literarische Vorbilder schließen unter vielen anderen Albert Camus, Lutz Seiler, David Wagner, Eduard Mörike, Thomas Mann, Marcel Proust, Stanley Kubrick & Diane Johnson ein

- Einige Sätze zu Rüdiger Nehberg entspringen Formulierungen aus den Dokumentarfilmen „Rüdiger Nehbergs abenteuerlicher Marsch durch Deutschland" von Christine Schmidt et al., erstausgestrahlt 1981, © ARD sowie „Rüdiger Nehberg, der Dschungelläufer" von Christian Weisenborn et al., erstausgestrahlt 2007, © arte

Persönlich

- An meinen lieben Freund Thanassis Galanakis, u.a. bekannt durch seine lyrische Anthologie **„TA KANAPINIA"**; than.gal@hotmail.com

- An den ⟲ **blog.diesdasdinge** für die freundliche Unterstützung bei der grafischen Gestaltung

- An das Literaturmagazin *Neoplanodion*, wo der erste Eintrag unter dem Titel „Brief aus Berlin" bereits zu

Beginn der Pandemie erschien:

https://neoplanodion.gr

- An meine **Zaraffel Gruppe Berlin**; Infos zu mehr von mir und meiner literarischen Truppe:

https://zaraffel-magazin.de

- An alle Personen, die mich beim Abfassen und Fertigstellen dieser Arbeit begleiten haben, ob nun in Person oder nicht, und an alle, denen ich mich während dieser Zeit in den Weg gestellt habe –